Jean-Baptiste Moliere

The Precious Ridiculous

Jean-Baptiste Moliere

The Precious Ridiculous

ISBN/EAN: 9783744784566

Printed in Europe, USA, Canada, Australia, Japan

Cover: Foto ©Andreas Hilbeck / pixelio.de

More available books at **www.hansebooks.com**

THE PRECIOUS RIDICULOUS.

COMEDY IN ONE ACT.

BY

DE MOLIÈRE.

CAST OF CHARACTERS.

LA GRANGE.	MADELON.
DU CROISY.	CATHOS.
GORGIBUS.	MAROTTE.
MARQUIS DE MASCARILLE	
VISCOUNT DE JODELET.	CÉLIMÈNE.
ALMANZOR.	LUCILLE.

VIOLINISTS, PORTERS.

Entered according to Act of Congress, in the year 1888, by F. RULLMAN, in the Office of the Librarian of Congress at Washington.

PUBLISHED BY F. RULLMAN,
AT THE THEATRE TICKET OFFICE, No. 111 BROADWAY,
NEW YORK.

LES PRÉCIEUSES RIDICULES.

SCÈNE PREMIÈRE.

LA GRANGE, DU CROISY,

Du Croisy. Seigneur La Grange...
La Grange. Quoi?
Du Croisy. Regardez-moi un peu sans rire.
La Grange. Hé bien!
Du Croisy. Que dites-vous de notre visite? En êtes-vous fort satisfait?
La Grange. A votre avis, avons-nous sujet de l'être tous deux?
Du Croisy. Pas tout, à fait à dire vrai.
La Grange. Pour moi, je vous avoue que j'en suis tout scandalisé. A-t-on jamais vu, dites-moi, deux pecques provinciales faire plus les renchéries que celles là, et deux hommes traités avec plus de mépris que nous. A peine ont-elles pu se résoudre à nous faire donner des sièges. Je n'ai jamais vu tant parler à l'oreille qu'elles ont fait entre elles, tant bâiller, tant se frotter les yeux, et demander tant de fois: Quelle heure est-il? Ont-elles répondu que oui et non à tout ce que nous avons pu leur dire? Et ne m'avoue-rez-vous pas enfin que, quand nous aurions été les dernières personnes du monde, on ne pouvait nous faire pis qu'elles ont fait?
Du Croisy. Il me semble que vous prenez la chose fort à cœur.
Le Grange. Sans doute, je l'y prends, et de telle façon, que je m'en veux venger de cette impertinence. Je connais ce qui nous a fait mépriser. L'air précieux n'a pas seulement infecté Paris; il s'est aussi répandu dans les provinces, et nos donzelles ridicules en ont humé leur bonne part. En un mot, c'est un ambigu de précieuse et de coquette que leur personne. Je vois ce qu'il faut être pour en être bien reçu, et si vous m'en croyez, nous leur jouerons tous deux une pièce qui leur fera voir leur sottise, et pourra leur apprendre à connaitre un peu mieux leur monde.
Du Croisy. Et comment encore?
La Grange. J'ai un certain valet, nommé Mascarille, qui passe, au sentiment de beaucoup de gens, pour une manière de bel esprit; car il n'y a rien à meilleur marché que le bel esprit maintenant. C'est un extravagant qui s'est mis dans la tête de vouloir faire l'homme de condition. Il se pique ordinairement de galanterie et de vers, et dédaigne les autres valets, jusqu'à les appeler brutaux.
Du Croisy. Hé bien! qu'en prétendez-vous faire?
La Grange. Ce que j'en prétends faire? Il faut... Mais sortons d'ici auparavant.

SCÈNE II.

GORGIBUS, DU CROISY, LA GRANGE.

Gor. Hé bien! vous avez vu ma nièce et ma fille? Les affaires iront-elles bien? Quel est le résultat de cette visite?

La Grange. C'est une chose que vous pouvez mieux apprendre d'elles que de nous. Tout ce que nous pouvons vous dire, c'est que nous vous rendons grâce de la faveur que vous nous avez faite, et demeurons vos très-humbles serviteurs.
Du Croisy. Vos très-humbles serviteurs.
Gor. (*seul.*) Ouais! il semble qu'ils sortent mal satisfaits d'ici. D'où pourrait venir leur mécontentement? Il faut savoir un peu ce que c'est. Holà!

SCÈNE III.

GORGIBUS, MAROTTE.

Mar. Que désirez-vous, Monsieur?
Gor. Où sont vos maîtresses?
Mar. Dans leur cabinet.
Gor. Que font-elles?
Mar. De la pommade pour les lèvres.
Gor. C'est trop pommadé. Dites-leur qu'elles descendent.

SCÈNE IV.

GORGIBUS.

Gor. Ces pendardes-là, avec leur pommade ont, je pense, envie de me ruiner. Je ne vois par tout que blancs d'œufs, lait virginal, et mill autres brimborions que je ne connais point. Elles ont usé, depuis que nous sommes ici, le lard d'une douzaine de cochons, pour le moins, et quatre valets vivraient tous les jours des pieds de moutons qu'elles emploient.

SCÈNE V.

MADELON, CATHOS, GORGIBUS.

Gor. Il est bien nécessaire, vraiment, de faire tant de dépense pour vous graisser le museau! Dites-moi un peu ce que vous avez fait à ces messieurs, que je les vois sortir avec tant e froideur. Vous avais-je pas commandé de les recevoir comme des personnes que je voulais vous donner pour maris?
Mad. Et quelle estime, mon père, voulez-vous que nous fassions du procédé irrégulier de ces gens-là?
Cathos. Le moyen mon oncle, qu'une fille un peu raisonnable se pût accommoder de leur personne?
Gor. Et qu'y trouvez-vous à redire?
Mad. La belle galanterie que la leur! Quoi! débuter d'abord par le mariage.
Gor. Et par où veux-tu donc qu'ils débutent? par le concubinage? N'est-ce pas un procédé dont vous avez sujet de vous louer toutes deux, aussi bien que moi? Est il rien de plus obligeant que cela? Et ce lien sacré où ils aspirent n'est-il pas un témoignage de l'honnêteté de leurs intentions?
Mad. Ah! mon père, ce que vous dites-là est du dernier bourgeois. Cela me fait honte de vous ouïr parler de la sorte, et vous devriez un peu vous faire apprendre le bel air des choses.

THE PRECIOUS RIDICULOUS.

SCENE I.

LA GRANGE and DU CROISY.

Du Croisy. My Lord La Grange—
La Grange. What?
Du Croisy. Look me seriously in the face.
La Grange. Well.
Du Croisy. What do you say of our visit? Are you satisfied with it?
La Grange. Do you think that you should be satisfied?
Du Croisy. Not quite, to tell the truth.
La Grange. For me, I acknowledge that I am completely scandalized. Did you ever see two provincial prudes put on more airs than these, and two men, treated with more contempt than we were? It was hardly if they could bring themselves to offer us seats! I never saw so much whispering as they did between them, so much yawning, so much rubbing of eyes, and asking a thousand times; What time is it? Did they answer anything but yes or no to all that was said? And will you not acknowledge, that if we had been the last people in the world, we could not have been treated worse than we were by them?
Du Croisy. Seems to me that you take it very much to heart.
La Grange. Undoubtedly. I take it so much to heart that I shall be revenged of their impertinence. I know what caused this contempt. The infection has not only spread itself through Paris, but also in the provinces, and our ridiculous demoiselles have caught the fever. In a word, I see what we must do to be well received, and if you believe me, we will play them a comedy which will show off their stupidity and teach them to know who they are talking to next time.
Du Croisy. And how so?
La Grange. I have a valet, named Mascareille, who passes, to the thinking of most people, for a kind of a wit; for there is nothing cheaper just now than wit. He is a lunatic, who has put in his head to play the man of quality. He prides himself upon his gallantry and his verses, and treats the other valets with a contempt which he carries so far as to call them brutes.
Du Croisy. Well, what do you intend to do with him?
La Grange. What I intend to do? We must —but first let us leave this place.

SCENE II.

GORGIBUS, DU CROISY, LA GRANGE.

Gor. Well! You have seen my daughter and niece? Will all go well? What is the result of your visit?

La Grange. That is something you can learn from them better than from us. All that we can tell you is that we thank you for the favor and honor you have done us, and remain your most humble servants.
Du Croisy. Your most humble servants.
Gor. Ouf! They seem to go away very much dissatisfied. What could have caused this? I must know what it is. Hello!

SCENE III.

GORGIBUS, MAROTTE.

Mar. What do you desire?
Gor. Where are your mistresses?
Mar. In their closet, sir.
Gor. What are they doing?
Mar. Making lip salve.
Gor. Tell them to come down.

SCENE IV.

GORGIBUS.

Gor. These women with their lip salve will ruin me. Everywhere I look, I see white of eggs and a thousand other articles that I don't know anything about. Since we have been here, they have used the lard of at least a dozen hogs, and a dozen servants would live on the sheeps feet they use every day.

SCENE V.

MADELON, CATHOS, GORGIBUS.

Gor. It was worth while to spend so much money to grease your faces! Just tell me what you did to these gentlemen, to make them leave here so coldly. Had I not commanded you to receive them as gentlemen whom I intended you to marry?
Mad. And how do you expect us, my father, to esteem the irregular proceedings of those people?
Cat. My uncle, show me how a girl who is reasonable, could put up with their appearance?
Gor. And what fault do you find with it?
Mad. How gallant they were! What! To broach the subject of marriage in that manner!
Gor. And how do you want them to broach it? Is it not a proceeding which calls for praise, both on my part and yours? Is there anything more pleasing than that subject? Is not the sacred tie which they aspire to a gage of the honesty of their intentions?
Mad. Ah, my father, what you say is plebian to the last degree, it makes me blush to hear you speak in that way; you should try to learn the manners of good society.

Gor. Je n'ai que faire ni d'air ni de chans n. Je te dis que le mariage est une chose sacrée, et que c'est faire en honnêtes gens que de débuter par-là.

Mad. Mon Dieu! que si tout le monde vous ressemblait, un roman serai bientôt fini! La belle chose que ce serait, si d'abord Cyrus épousait Mandane, et qu'Aronce, de plein-pied, fût marié à Clélie!

Gor. Que me vient conter celle-ci?

Mad. Mon père, voilà ma cousine qui vous dira, aussi bien que moi, que le mariage ne doit jamais arriver qu'après les autres aventures. Il faut qu'un amant, pour être agréable, sache débiter les beaux sentiments, pousser le doux, le tend:e et le passionné, et que sa recherche soit dans les formes. Premièrement, il doit voir au temple, ou à la promenade, ou dans quelque cérémonie publique, la personne dont il devient amoureux; ou bien être conduit fatalement chez elle par un parent ou un ami, et sortir de là, tout rêveur et mélancolique. Il cache un temps sa passion à l'objet aimé, et cependant lui rend plusieurs visites, où l'on ne manque jamais de mettre sur le tapis une question galante, qui exerce les esprits de l'assemblée. Le jour de la déclaration arrive, qui se doit faire ordinairement dans une allée de quelque jardin, tandis que la compagnie s'est un peu éloignée; et cette déclaration est suivie d'un prompt courroux qui paraît à notre rougeur, et qui, pour un temps bannit l'amant de notre présence. Ensuite il trouve moyen de nous apaiser, de nous accoutumer insensiblement au discours de sa passion, et de tirer de cet aveu qui fai tant de peine. Après cela viennent les aventures, les rivaux qui se jettent à la traverse d'une inclination établie, les persécutions des pères, les jalousies conçues sur de fausses apparences, les plaintes, les désespoirs, les enlèvements, et ce qui s'en suit. Voilà comme les choses se traitent dans les belles manières; et ce sont des règles dont, en bonne galanterie, on ne saurait se dispenser. Mais en venir de but en blanc à l'union conjugale, ne faire l'amour qu'en faisant le contrat de mariage, et prendre justement le roman par la queue! encore un coup, mon père, il ne se peut rien de plus marchand que ce procédé; et j'ai mal au cœur de la seule vision que cela me fait.

Gor. Quel diable de jargon entends-je ici? Voici bien du haut style.

Cathos. En effet, mon oncle, ma cousine donne dans le vrai de la chose. Le moyen de bien recevoir des gens qui sont tout à fait incongrus en galanterie! Je m'en vais gager qu'ils n'ont jamais vu la carte de Tendre, et que Billets-doux, Petits-soins, Billets-galants et Jolis-vers, sont des terres inconnues pour eux. Ne croyez-vous pas que toute leur personne marque cela, et qu'ils n'ont point cet air qui donne d'abord bonne opinion des gens? Venir en visite amoureuse avec une jambe tout unie, un chapeau désarmé de plumes, une tête irrégulière en cheveux, et un habit qui souffre une indigence de rubans; mon Dieu! quels amants sont-ce là! Quelle frugalité d'ajustements, et qu'elle sécheresse de conversation! On n'y dure point, on n'y tient pas. J'ai remarqué encore que leurs rabats ne sont point de la bonne faiseuse, et qu'il s'en faut plus d'un grand demi-pied que leurs hauts-de-chausses ne soient assez larges.

Gor. Je pense qu'elles sont folles tous deux, et je ne puis rien comprendre à ce baragouin. Cathos, et vous, Madelon...

Mad. Hé! de grâce, mon père, défaites-vous de ces noms étranges, et nous appelez autrement.

Gor. Comment, ces noms étranges! ne sont-ce pas vos noms de baptême?

Mad. Mon Dieu! que vous êtes vulgaire! Pour moi, un de mes étonnements, c'est que vous ayez pu faire une fille si spirituelle que moi. A-t-on jamais parlé, dans le beau style, de Cathos, ni de Madelon? et ne m'avouerez-vous pas que ce serait assez de ces noms pour décrier le plus beau roman du monde.

Cathos. Il est vrai, mon oncle, qu'une oreille un peu délicate pâtit furieusement à entendre prononcer ces mots-là; et le nom de Polixène, que ma cousine a choisi, et celui d'Aminte, que je me suis donné, ont une grâce dont il faut que vous demeuriez d'accord.

Gor. Ecoutez: il n'y a qu'un mot qui serve. Je n'entends point que vous ayez d'autres noms que ceux qui vous ont été donnés par vos parrains et vos marraines. Et pour ces messieurs dont il est question, je connais leurs familles et leurs biens, et je veux résolument que vous vous disposiez à les recevoir pour maris. Je me lasse de vous avoir sur les bras: et la garde de deux filles est une charge un peu trop pesante pour un homme de mon âge.

Cathos. Pour moi, mon oncle, tout ce que je puis vous dire, c'est que je trouve le mariage une chose tout à fait choquante. Comment est-ce qu'on peut souffrir la pensée de coucher contre un homme vraiment nu?

Mad. Souffrez que nous prenions un peu haleine parmi le beau monde de Paris, où nous ne faisons que d'arriver. Laissez-nous faire à loisir le tissu de notre roman, et n'en pressez point tant la conclusion.

Gor. (A part.) Il n'en faut point douter, elles sont achevées. (*Haut.*) Encore un coup, je n'entends rien à toutes ces balivernes, je veux être maître absolu, et pour trancher toutes sortes de discours, où vous serez mariées toutes deux avant qu'il soit peu, ou, ma foi, vous serez religieuses; j'en fais un bon serment.

SCÈNE VI.

CATHOS, MADELON.

Cathos. Mon Dieu! ma chère, que ton père a la forme enfoncée dans la matière! Que son intelligence estépaisse! et q'il fait sombre dans son âme!

Mad. Que veux-tu, ma chère! j'en suis en confusion pour lui; j'ai peine à me persuader que je puisse être véritablement sa fille, et je crois que quelque aventure un jour me viendra développer une naissance plus illustre.

Cathos. Je le croirais bien; oui, il y a toutes les apparences du monde. Et pour moi quand je regarde aussi...

SCÈNE VII.

CATHOS, MADELON, MAROTTE.

Mar. Voilà un laquais qui demande si vous êtes au logis, et dit que son maître vous veut venir voir.

Mad. Apprenez, sotte, à vous énoncer moins vulgairement. Dites: Voilà un nécessaire qui demande si vous êtes en commodité d'être visibles.

Mar. Dame! je n'entends point le latin; et je n'ai pas appris comme vous, la filofie dans le Cyre.

Mad. L'impertinente! le moyen de souffrir

Gor. I tell you that marriage is a sacred thing, and to start the courtship by broaching the subject, is to behave like honest men.

Mad. Great Heavens! if everybody was like you, a novel would very soon be ended. A fine thing it would be, if Cyrus began by marrying Mandane, and if Aronce, at the start was married to Clelie!

Gor. What is she talking about?

Mad. My father, my cousin will tell you, as well as I that marriage should only arrive at the end of all the other adventures. A lover to be agreeable, must know how to express fine sentiments, play the sweet, the tender and passionate lover, and still remain within the rules of good society. First, he must see the person he is to fall in love with for the first time, at church, or at the promenade, or at some public ceremony, or then to be conducted with ceremony to her, by a friend or a relative, and leave the house, dreamy and sad. For a time he must hide his passion from the loved one, and, however, pay her several visits in the meantime, during which some question of gallantry should always be discussed, which exercises the wits of the assemblage. The day of the declaration arrives, which ordinarily should take place in the path of some garden, while the rest of the company is scattered about; and this declaration is followed by swift anger, which we betray by the color of our cheek and which, for a time, banishes the lover from our presence. Finally, he finds means to appease our anger, and to accustom us insensibly to his passionate declarations, and draw from us the avowal which causes us so much pain. After that come the adventures, the rivals which cross this passion, the persecutions of the father, the jealousy of the lover, occasioned by false appearances, complaints, tears, despair, elopements, etc. That is the way things are done in society; and these are rules which cannot be dispensed with. But, to come, point blank, and speak of marriage, to make love in drawing up the marriage contract, and to begin at the end of the romance there is nothing more like barter and sale than this proceeding; and the thought alone makes me sick at heart.

Gor. What devilish jargon is that? Well, that is high style, sure enough.

Cat. In truth, my uncle, my cousin portrays the position. How should we receive people who have so grossly offended all rules of gallantry! I will wager that they have never seen the map of tenderness, and that billetsdoux, books on gallantry, and sonnets are unknown worlds to them. Do you not think that their whole appearance shows that; that they have an air about them which forbids your good opinion at sight? To come to pay a lover's visit with a plain leg, with a hat innocent of feathers, their hair cut with irregularity, and a coat whose dearth of ribbons was remarkable. Great heavens! what kind of lovers are these? What meanness in their attire, but dryness in their conversation! It is impossible to withstand that. I remarked that their reveres were not of a good make.

Gor. I think they are crazy, both of them. I can't understand this nonsense. Cathos, and you Madelon—

Mad. Oh, for mercy's sake, father, get rid of those horrible names, and call us something else.

Gor. How, horrible names! Are they not your given names?

Mad. Dear me, how vulgar you are! For my part, one of my greatest wonders is that you could have had a daughter as witty as I am. Did you ever hear, in the world of elegance, the name of Cathos or Madelon spoken of? And you must acknowledge that those names would be enough to mar the most beautiful creature in the world!

Cat. It is true, uncle, that a delicate ear suffers terribly in hearing such words as those. The name of Polixena that my cousin has chosen, and Aminte which I took for myself, have a charm which even you must acknowledge.

Gor. Listen, I have but one word to say. I don't intend that you should have other names but the ones given you by your godfathers and godmothers. And as for these gentlemen in question, I know their families and their fortunes, and I am determined that you shall get yourselves ready to receive them as husbands. I am tired of having you on my hands; the care of two girls is a little too much for a man of my age.

Cat. For my part, uncle, all I can say is, that I find marriage a shocking thing.

Mad. Allow us to breathe the air of the great world in Paris, where we have just arrived. Let us weave our romance at our leisure and don't press us so hard for the conclusion.

Gor. (Aside.) There is no getting over it, they are crazy! (Aloud.) Once more, I don't understand this chatter, I intend to be absolute master here, and to cut short this whole thing, either you will both be married within a few days or on my honor you will enter the convent; I have taken my oath on it.

SCENE VI.

CATHOS, MADELON.

Cat. Dear me, your father is certainly nothing but matter, how thick his intelligence is! And how heavy the shadows that envelope his soul.

Mad. Ah my dear I blush for him; I can scarcely persuade myself that I am really his daughter, and I believe that some accident will one day prove me to be of more illustrious birth.

Cat. I can easily believe it; it looks for all the world like it. And as for me, when I look at myself——

SCENE VII.

CATHOS, MADELON, MAROTTE.

Mar. A lackey is at the door, inquiring if you are within, and if his master might be allowed to call.

Mad. Learn you stupid girl not to make an announcement in this vulgar way. Say: here is a necessary who asks if you are in commodity to be visible;

Mar. Ah, you see I don't understand Latin; and I never learned filofie in the Cyre.

Mad. Impertinent! How shall I stand this! And who is the master of this lackey?

cela! Et qui est-il le maître de ce laquais?

Mar. Il me l'a nommé le marquis de Mascarille.

Mad. Ah! ma chère, un marquis! un marquis! Oui, allez dire qu'on peut nous voir. C'est sans doute un bel-esprit qui a ouï parler de nous.

Cathos. Assurément, ma chère.

Mad. Il faut le recevoir dans cette salle basse plutôt qu'en notre chambre. Ajustons un peu nos cheveux au moins, et soutenons notre réputation. Vite, venez nous tendre ici dedans le conseiller des grâces.

Mar. Par ma foi, je ne sais point quelle bête c'est là ; il faut parler chrétien, si vous voulez que je vous entende.

Cathos. Apportez-nous le miroir, ignorante que vous êtes, et gardez-vous bien d'en salir la glace par la communication de votre image.

[*Elles sortent.*

SCÈNE VIII.

MASCARILLE, DEUX PORTEURS.

Mas. Holà, porteurs, holà, là, là, là, là, là, là. Je pense que ces marauds-là ont dessein de me briser à force de heurter contre les murailles et les pavés.

Premier Por. Dame! c'est que la porte est étroite. Vous avez voulu aussi que nous soyons entrés jusqu'ici.

Mas. Je le crois bien. Voudriez-vous, faquins, que j'exposasse l'embonpoint de mes plumes aux inclémences de la saison pluvieuse, et que j'allasse imprimer mes souliers en boue! Allez, ôtez votre chaise d'ici.

Second Por. Payez-nous donc, s'il vous plait, Monsieur.

Mas. Hé?

Second Por. Je dis, Monsieur, que vous nous donniez de l'argent, s'il vous plait.

Mas. (*Lui donnant un soufflet.*) Comment, coquin! demander de l'argent à une personne de ma qualité!

Second Por. Est-ce ainsi qu'on paye les pauvres gens? et votre qualité nous donne-t-elle à dîner?

Mas. Ah! Ah! je vous apprendrai à vous connaître. Ces canailles-là s'osent jouer à moi!

Premier Por. (*Prenant un des bâtons de sa chaise.*) Çà, payez-nous vitement.

Mas. Quoi?

Premier Por. Je dis que je veux avoir de l'argent tout à l'heure.

Mas. Il est raisonnable celui-là.

Premier Por. Vite donc.

Mas. Oui-dà, tu parles comme il faut, toi ; mais l'autre est un coquin qui ne sait ce qu'il dit. Tiens, es-tu content?

Premier Por. Non, je ne suis pas content ; vous avez donné un soufflet à mon camarade, et...

[*Levant son bâton.*

Mas. Doucement ; tiens, voilà pour le soufflet. On obtient tout de moi quand on s'y prend de la bonne façon. Allez, venez me reprendre tantôt pour aller au Louvre, au petit coucher.

SCÈNE IX.

MAROTTE, MASCARILLE.

Mar. Monsieur, voilà mes maîtresses qui vont venir tout à l'heure.

Mas. Qu'elles ne se pressent point ; je suis ici posté commodément pour attendre.

Mar. Les voici.

SCÈNE X.

MADELON, CATHOS, MASCARILLE, ALMANZOR.

Mas. (*Après avoir salué.*) Mesdames, vous serez surprises sans doute de l'audace de ma visite : mais votre réputation vous attire cette méchante affaire ; et le mérite a pour moi des charmes si puissants, que je cours partout après lui.

Mad. Si vous poursuivez le mérite, ce n'est pas sur nos terres que vous devez chasser.

Cathos. Pour voir chez nous le mérite, il a fallu que vous l'y ayez amené.

Mas. Ah! je m'inscris en faux contre vos paroles. La renommée accuse juste en contant ce que vous valez ; et vous allez faire pic repic et capot tout ce qu'il y a de galant dans Paris.

Mad. Votre complaisance pousse un peu trop avant la libéralité de ses louanges ; et nous n'avons garde, ma cousine et moi, de donner de notre sérieux dans le doux de votre flatterie.

Cathos. Ma chère, il faudrait faire donner des sièges.

Mad. Holà! Almanzor.

Alm. Madame?

Mad. Vite, voiturez-nous ici les commodités de la conversation.

Mas. Mais, au moins, y a-t-il sûreté ici pour moi? [*Almanzor sort.*

Cathos. Que craignez-vous?

Mas. Quelque vol de mon cœur, quelque assassinat de ma franchise. Je vois ici deux yeux qui ont la mine d'être de fort mauvais garçons, de faire insulte aux libertés, et de traiter une âme de Turc à Maure. Comment diable! d'abord qu'on les approche, ils se mettent sur leurs gardes meurtriers! Ah! par ma foi, je m'en défie et je m'en vais gagner au pied, ou je veux caution bourgeoise qu'ils ne me feront point de mal.

Mad. Ma chère, c'est le caractère enjoué.

Cathos. Je vois bien que c'est un Amilcar.

Mad. Ne craignez rien, nos yeux n'ont point de mauvais desseins, et votre cœur peut dormir en assurance sur leur prud'homie.

Cathos. Mais, de grâce, Monsieur, ne soyez point inexorable à ce fauteuil qui vous tend les bras il y a un quart d'heure ; contentez un peu l'envie qu'il a de vous embrasser.

Mas. (*Après s'être peigné et avoir ajusté ses canons.*) Hé bien! Mesdames, que dites-vous de Paris?

Mad. Hélas! qu'en pourrions-nous dire? Il faudrait être l'antipode de la raison pour ne pas confesser que Paris est le grand bureau des merveilles, le centre du bon goût, du bon esprit, et de la galanterie.

Mas. Pour moi, je tiens que, hors de Paris, il n'y a point de salut pour les honnêtes gens.

Cathos. C'est une vérité incontestable.

Mas. Il y fait un peu crotté ; mais nous avons la chaise.

Mad. Il est vrai que la chaise est un retranchement merveilleux contre les insultes de la boue et du mauvais temps.

Mas. Vous recevez beaucoup de visites? Quel bel esprit est des vôtres?

Mad. Hélas! nous ne sommes pas encore connues, mais nous sommes en passe de l'être, et nous avons une amie particulière qui nous a promis d'amener ici tous ces messieurs du recueil des pièces choisies.

Cathos. Et certains autres qu'on nous a nommés aussi pour être les arbitres souverains des belles choses.

Mar. He called him the Marquis of Mascarille!

Mad. Ah! my dear, a Marquis! A Marquis! Yes, go and tell him he can see us. It is no doubt some wit who has heard us spoken of.

Cat. No doubt my dear.

Mad. We must receive him in this low room rather than in our chamber. Let us adjust our hair at least and sustain our reputations. Quick, come and hold for us here the adviser of our graces.

Mar. On my faith I don't know what kind of an animal that is; you must talk Christian, if you wish me to understand.

Cat. Bring us the mirror, ignoramus that you are, and be careful not to soil the glass by the reflection of your image. (They exit.)

SCENE VIII.

MASCARILLE, TWO PORTERS.

Mas. Hello, porters, hello, la, la, la, la, la, la. I think these brigands mean to crush me against the walls and the pavement.

First Porter. The door is narrow, sir. And you insisted upon our coming all the way in.

Mas. I should say so. Do you think I am going to expose my plumes to the inclemency of this rainy weather, and that I should imprint my shoes in the mud? Go, take your chair away from here.

Sec. Porter. Pay us, if you please, sir.

Mas. Hey?

Sec. Porter. I say, sir; you give us some money, if you please.

Mas. (Giving him a slap.) How, rogue! Ask a man of my quality for money?

Sec. Porter. This is the way you pay poor people, is it? Does your quality give us dinner?

Mas. Ah! Ah! I will teach you to know. Those ragamuffins dare make game of me?

First Porter. (Taking the spokes from his chair.) Come, pay quickly.

Mas. What?

First Porter. I say that I must have the money at once.

Mas. At least you are reasonable.

First Porter. Quick!

Mas. Aha! That's the way to speak; the other fellow is a rogue; he don't know what he is saying; there, are you contented?

First Porter. No, I am not; you struck my comrade and— (raising his stick.)

Mas. Easy; here, this is for the slap. You can obtain anything you wish from me if you know how! Come, return presently to take me to the Louvre to assist to the retiring of His Majesty.

SCENE IX.

MAROTTE, MASCARILLE.

Mar. My mistress will be here in a moment, sir.

Mas. They need not hurry; I am most conveniently fixed to wait.

Mar. Here they are.

SCENE X.

MADELON, CATHOS, MASCARILLE, ALMANZOR.

Mas. (After saluting.) Ladies, you are no doubt surprised at the audacity of my visit; but your reputation is to blame ; merit has such powerful attractions for me that I am always running after it.

Mad. If you are pursuing merit, it is not on our grounds that you must hunt.

Cat. To find merit with us you would be obliged to bring it with you.

Mas. Ah, I cry you mercy. Your fame is justly won, and you will put all the Parisian gallantry to shame.

Mad. Your kindness makes you too liberal with your praises, and my cousin and I will take good care not to receive your sweet flattery too seriously.

Cat. My dear, you must offer seats.

Mad. Hello! Almanzor.

Alm. Madame?

Mad. Quick, bring here the commodities of conversation.

Mas. But, at least, am I in safety here? (Alm. exit.)

Cat. What do you fear?

Mas. The theft of my heart, some trap for my unsuspecting candor. I see two eyes here that seem difficult to deal with, they would insult one's liberty and govern the soul like a Turk or a Moor. How the devil can you approach them, they immediately place themselves *en garde*, with deadly effect! Ah! I mistrust them and will take my flight or else have a written contract to insure my safety.

Mad. My dear, what a charming disposition he has.

Cat. It is easy to see that he is a Amilcar.

Mad. You have nothing to fear, our eyes have no designs upon you, your heart can sleep in all safety.

Cat. But I beg of you, sir, not to be inflexible to the prayers of this armchair which extends its arms to you the quarter of an hour; satisfy, I beg of you, the desire it has to embrace you.

Mas. (After having combed himself and adjusted his frills.) Well, ladies, what do you say of Paris?

Mad. Alas! What can we say of it? It would need to be at the antipodes from good sense, not to confess that Paris is the great market of wonders, the centre of good taste, of wit, and gallantry.

Mas. As for me, I hold, that outside of Paris, there is no salvation for people of wit.

Cat. That is an uncontestable truth.

Mas. It is a little muddy, but we have the sedan chairs.

Mad. It is true that the sedan chair is a marvellous refuge against the insults of mud and bad weather.

Mas. You receive many visits? What wit do you count among your friends?

Mad. Alas! we are not yet known, but we are in the way of being known, and we have a particular friend who has promised to bring us all the gentlemen who criticise select plays.

Cat. And certain others who have been named to us as being sovereign criterions of good taste.

Mas. C'est moi qui ferai votre affaire mieux que personne : ils me rendent tous visite ; et je puis dire que je ne me lève jamais sans une demi-douzaine de beaux esprits.

Mad. Hé ! mon Dieu ! nous vous serons obligées de la dernière obligation, si vous nous faites cette amitié : car enfin il faut avoir la connaissance de tous ces messieurs là, si l'on veut être du beau monde. Ce sont eux qui donnent le branle à la réputation de Paris ; et vous savez qu'il y en a tel dont il ne faut que la seule fréquentation pour vous donner bruit de connaissance, quand il n'y aurait rien autre chose que cela. Mais, pour moi, ce que je considère particulièrement, c'est que, par le moyen de ces visites spirituelles, on est instruit de cent choses qu'il faut savoir de nécessité, et qui sont de l'essence du bel esprit. On apprend par-là chaque jour les petites nouvelles galantes, les jolis commerces de prose ou de vers. On sait à point nommé : Un tel a composé la plus jolie pièce du monde sur un tel sujet ; une telle a fait des paroles sur un tel air : celui-ci a fait un madrigal sur une jouissance : celui-là a composé des stances sur une infidélité : monsieur un tel écrivit hier au soir un sixain à mademoiselle une telle, dont elle lui a envoyé la réponse ce matin sur les huit heures : un tel auteur a fait un tel dessein ; celui-là est à la troisième partie de son roman ; cet autre met ses ouvrages sous la presse. C'est là ce qui vous fait valoir dans les compagnies ; et si l'on ignore ces choses, je ne donnerais pas un clou de tout l'esprit qu'on peut avoir.

Cat. En effet, je trouve que c'est renchérir sur le ridicule, qu'une personne se pique d'esprit, et ne sache pas jusqu'au moindre petit quatrain qui se fait chaque jour ; et pour moi j'aurais toutes les hontes du monde s'il fallait qu'on vînt à me demander si j'aurais vu quelque chose de nouveau que je n'aurais pas vu.

Mas. Il est vrai qu'il est honteux de n'avoir pas des premiers tout ce qui se fait. Mais ne vous mettez pas en peine : je veux établir chez vous une académie de beaux esprits ; et je vous promets qu'il ne se fera pas un bout de vers dans Paris que vous ne sachiez par cœur avant tous les autres. Pour moi, tel que vous me voyez, je m'en escrime un peu quand je veux ; et vous verrez courir de ma façon, dans les belles ruelles de Paris, deux cents chansons, au ant de sonnets, quatre cents épigrammes, et plus de mille madrigaux, sans compter les énigmes et les portraits.

Mad. Je vous avoue que je suis furieusement pour les portraits ; je ne vois rien de si galant que cela.

Mas. Les portraits sont difficiles, et demandent un esprit profond : vous en verrez de ma manière qui ne vous déplairont pas.

Cat. Pour moi, j'aime terriblement les énigmes.

Mas. Cela exerce l'esprit, et j'en ai fait quatre encore ce matin, que je vous donnerai à deviner.

Mad. Les madrigaux sont agréables quand ils sont bien tournés.

Mas. C'est mon talent particulier, et je travaille à mettre en madrigaux toute l'histoire romaine.

Mad. Ah ! certes, cela sera du dernier beau ! j'en retiens un exemplaire au moins, si vous le faites imprimer.

Mas. Je vous en promets à chacune un, et des mieux reliés. Cela est au-dessous de ma condition ; mais je le fais seulement pour donner à gagner aux libraires qui me persécutent.

Mad. Je m'imagine que le plaisir est grand de se voir imprimer.

Mas. Sans doute. Mais, à propos, il faut que je vous dise un impromptu que je fis hier chez une duchesse de mes amies que je fus visiter ; car je suis diablement fort sur les impromptus.

Cat. L'impromptu est justement la pierre de touche de l'esprit.

Mas. Écoutez donc.

Mad. Nous y sommes de toutes nos oreilles.

Mas.

Oh ! oh ! je n'y prenais pas garde :
Tandis que, sans songer à mal, je vous regarde,
Votre œil en tapinois me dérobe mon cœur !
Au voleur ! au voleur ! au voleur ! au voleur !

Cat. Ah ! mon Dieu ! voilà qui est poussé dans le dernier galant.

Mas. Tout ce que je fais a l'air cavalier ; cela ne sent point le pédant.

Mad. Il en est éloigné de plus de deux mille lieues.

Mas. Avez-vous remarqué ce commencement *oh ! oh !* Voilà qui est extraordinaire, *oh ! oh !* comme un homme qui s'avise tout d'un coup, *oh ! oh !* La surprise, *oh ! oh !*

Mad. Oui, je trouve ce *oh ! oh !* admirable.

Mas. Il semble que cela ne soit rien.

Cat. Ah ! mon Dieu ! que dites-vous ? Ce sont là de ces sortes de choses qui ne se peuvent payer.

Mad. Sans doute ; et j'aimerais mieux avoir fait ce *oh ! oh !* qu'un poëme épique.

Mas. Tudieu ! vous avez le goût bon.

Mad. Hé ! je ne l'ai pas tout à fait mauvais.

Mas. Mais n'admirez-vous pas aussi, *je n'y prenais pas garde? Je n'y prenais pas garde,* je ne m'apercevais pas de cela ; façon de parler naturelle, *je n'y prenais pas garde. Tandis que sans songer à mal,* tandis qu'innocemment, sans malice, comme un pauvre mouton, *je vous regarde,* c'est-à-dire je m'amuse à vous considérer, je vous observe, je vous contemple ; *votre œil en tapinois...* Que vous semble de ce mot, *tapinois?* n'est-il pas bien choisi ?

Cat. Tout à fait bien.

Mas. *Tapinois,* en cachette ; il semble que ce soit un chat qui vienne de prendre une souris. *Tapinois.*

Mad. Il ne se peut rien de mieux.

Mas. *Me dérobe mon cœur,* me l'emporte, me le ravit.

Au voleur ! au voleur ! au voleur ! au voleur !

Ne diriez-vous pas que c'est un homme qui crie et court après un voleur pour le faire arrêter ?

Au voleur ! au voleur ! au voleur ! au voleur !

Mad. Il faut avouer que cela a un tour spirituel et galant.

Mas. Je veux vous dire l'air que j'ai fait dessus.

Cathos. Vous avez appris la musique ?

Mas. Moi ? point du tout.

Cathos. Et comment donc cela se peut-il ?

Mas. Les gens de qualité savent tout sans avoir jamais rien appris.

Mad. Assurément, ma chère.

Mas. Écoutez si vous trouverez l'air à votre goût. Hem, hem, la, la, la. La brutalité de la saison a furieusement outragé la délicatesse de ma voix ; mais il n'importe, c'est à la cavalière.
                                        [*Il chante.*

Oh ! oh ! je n'y prenais pas garde, etc.

Cathos. Ah ! que voilà un air qui est passionné ! Est-ce qu'on n'en meurt point !

Mad. Il y a de la chromatique là dedans.

Mas. I can do this for you better than any-one else. They all visit my house. I can say that I never rise in the morning without a half a dozen wits being present.

Mad. Hey! Dear me! We would be in the last degree obliged to you if you will do us this favor; for it is necessary to be acquainted with all these gentlemen, if you wish to belong to the world of society. It is they who give the start to all reputations gained in Paris; and you know there are some whose mere presence is enough to make you known. But for me, what I particularly consider is, that by the means of these charming visits, one is informed of a hun-dred things that it is a necessity to know, and which are the essence of a refined wit. One learns in that way of all the news of gallantry, the exchange that is made of verses and prose. You know, on the instant, such a one has com-posed the prettiest piece in the world on such a subject; such a one has composed verses to such a tune; such a one has a madrigal on such a subject; this one has composed verses on the infidelity of so and so; Mr. so and so wrote last night a sixtain to Mlle. so and so, who answered them this morning about eight o'clock. Such an author has composed such a plot; that is the third part of this novel; another author is send-ing his works to the printer. These things are what makes your worth in company; and if you are ignorant of them I would not give a pin for all the wit in the world you might possess.

Cat. Sure enough; I think it is ridiculous in the greatest degree that a person should pride themselves upon wit and not know the least little quatrain that is composed each day. As for me, I should be desperately ashamed if anyone should happen to ask me if I had seen some-thing new, to be obliged to answer that I had not.

Mas. True, it is a disgrace not to know every-thing that is done. But don't distress yourself; I will establish an academy of men of wit at your house, and I promise you that not the least little bit of rhyme will be made in Paris without your knowing it by heart before anyone else does; for me, just as you see me, I some-times fence with poetry myself, and you will sometimes hear verses of mine at every street corner in Paris; two hundred songs, as many sonnets, four hundred epigrams, and more than a thousand madrigals, without counting the enigmas and caricatures.

Mad. I acknowledge that I am furiously fond of caricatures. I don't see anything more de-lightful than a caricature.

Mas. Caricatures are difficult and need deep thought. You will see some from my pen which will not displease you.

Cat. For my part I am desperately fond of enigmas.

Mas. They exercise the wit, and I have made four already this morning which I will give you to guess.

Mad. Madrigals are very agreeable when they are well finished.

Mas. That is my particular talent, and I am now working to put the whole Roman history in a madrigal.

Mad. Ah, certainly! That will be beautiful in the extreme! I engage one copy at least, if you have it printed.

Mas. I promise one to each of you, with the

handsomest bindings. It is beneath me; I only do it to help the booksellers, who persecute me.

Mad. I should imagine the pleasure of see-ing yourself in print would be very great.

Mas. No doubt. But, by the way, I must give you an impromptu that I made yesterday at the house of a Duchess, one of my friends; for I am devilishly strong on impromptus.

Cat. An impromptu is the very touchstone of wit.

Mas. Listen.

Mad. We are all ears.

Mas. Oh! Oh! I was not on my guard, whilst thinking of evil I was looking at you, your eye on the sly has stolen my heart! Thief! Thief! Thief! Thief!—

Cat. Ah! Dear me! That is gallant in the extreme.

Mas. All that I do has a dashing air; that does not border on pedantry.

Mad. Oh, it's more than two thousand miles from pedantry.

Mas. Did you remark the beginning, *Oh! Oh!* That is extraordinary, *Oh! Oh!* like a man who suddenly remembers, *Oh! Oh!* surprise, *Oh! Oh!*

Mad. Yes, I find this *Oh! Oh!* simply admira-ble!

Mas. It seems as if it was nothing.

Cat. Ah, what are you saying? Those are things that cannot be valued too highly.

Mad. Of course not; I would rather have composed that *Oh! Oh!* than a whole epic poem.

Mas. Ta! Ta! You have good taste.

Mad. Hey! It is not altogether bad.

Mad. But don't you also admire, *I was not on my guard. I was not on my guard*, I did not perceive that; a natural way of talking, *I was not on my guard. Whilst without thinking of evil*, whilst innocently, without malice, like a poor lamb, *I was looking at you*, that is to say I was amusing myself by contemplating you, I was observing you, gazing upon you; *your eye on the sly*—what do you think of the words *on the sly?* Are they not well selected?

Cat. Entirely so.

Mas. On the sly, hidden; just like a cat who has caught a mouse, *on the sly*.

Mad. Nothing could be better, *has stolen my heart*, carried it away, deprived me of it. *Thief! Thief! Thief! Thief!*—Would you not say that it is a man who is pursuing a thief to have him arrested? *Thief! Thief! Thief! Thief!*

Mad. Everyone must acklowledge that it sounds charmingly gallant.

Mas. I must sing you the tune I composed to it.

Cat. You have learned music?

Mas. I? Not at all.

Cat. How is it possible?

Mas. People of quality know things without learning them.

Mad. Certainly my dear.

Mas. Listen, if you find the air to your taste. *Hem, hem, la, la, la, la.* The brutality of the season has fairly outraged the delicacy of my voice. But never mind (sings,) *Oh! Oh! I was not on my guard, etc.*

Cat. Ah! What passionate music, is it not enough to make you die.

Mad. There is plenty of chromatic in it

Mas. Ne trouvez-vous pas la pensée bien exprimée dans le chant? *Au voleur! au voleur! au voleur!* Et puis comme si l'on criait bien fort : *Au, au, au, au, au voleur!* Et tout d'un coup, comme une personne essoufflée, *au voleur!*

Mad. C'est là savoir le fin des choses, le grand fin, le fin du fin. Tout est merveilleux, je vous assure ; je suis enthousiasmée de l'air et des paroles.

Cathos. Je n'ai encore rien vu de cette force-là.

Mas. Tout ce que je fais me vient naturellement, c'est sans étude.

Mad. La nature vous a traité en vraie mère passionnée, et vous en êtes l'enfant gâté.

Mas. A quoi donc passez vous le temps, Mesdames?

Cathos. A rien du tout.

Mad. Nous avons été jusqu'ici dans un jeûne effroyable de divertissements.

Mas. Je m'offre à vous mener l'un de ces jours à la comédie, si vous voulez ; aussi bien on en doit jouer une nouvelle que je serai bien aise que nous voyions ensemble.

Mad. Ce n'est pas de refus.

Mas. Mais je vous demande d'applaudir comme il faut quand nous serons là ; car je me suis engagé de faire valoir la pièce, et l'auteur m'en est venu prier encore ce matin. C'est la coutume ici qu'à nous autres gens de condition les auteurs viennent lire leurs pièces nouvelles pour nous engager à les trouver belles et à leur donner de la réputation et je vous laisse à penser si, quand nous disons quelque chose, le parterre ose nous contredire. Pour moi, j'y suis fort exact ; et quand j'ai promis à quelque poëte, je crie toujours : Voilà qui est beau! devant que les chandelles soient allumées.

Mad. Ne m'en parlez point, c'est un admirable lieu que Paris ; il s'y passe cent choses tous les jours qu'on ignore dans les provinces, quelque spirituelle qu'on puisse être.

Cathos. C'est assez ; puisque nous sommes instruites, nous ferons notre devoir de nous écrier comme il faut sur tout ce qu'on dira.

Mas. Je ne sais si je me trompe : mais vous avez toute la mine d'avoir fait quelque comédie.

Mad. Hé! il pourrait être quelque chose de ce que vous dites.

Mas. Ah! ma foi, il faudra que nous la voyions. Entre nous j'en ai composé une que je veux représenter.

Cathos. Hé! à quels comédiens la donnerez-vous?

Mas. Belle demande! Aux comédiens de l'hôtel de bourgogne ; il n'y a qu'eux qui soient capables de faire valoir les choses ; les autres sont des ignorants qui récitent comme l'on parle ; il ne savent pas faire ronfler les vers et s'arrêter au bel endroit. Et le moyen de connaître où est le beau vers, si le comédien ne s'y arrête, et ne vous avertit par-là qu'il faut faire le brouhaha?

Cathos. En effet, il y a manière de faire sentir aux auditeurs les beautés d'un ouvrage ; et les choses ne valent que ce qu'on les fait valoir.

Mas. Que vous semble de ma petite oie? La trouvez-vous congruente à l'habit?

Cathos. Tout à fait.

Mas. Le ruban en est bien choisi.

Mad. Furieusement bien. C'est Perdrigeon tout pur.

Mas. Que dites-vous de mes canons?

Mad. Ils ont tout à fait bon air.

Mas. Je puis me vanter au moins qu'ils ont un grand quartier plus que tous ceux qu'ont fait.

Mad. Il faut avouer que je n'ai jamais pu porter si haut l'élégance de l'ajustement.

Mas. Attachez un peu sur ces gants la réflexion de votre odorat.

Mad. Ils sentent terriblement bon.

Cathos. Je n'ai jamais respiré une odeur mieux conditionnée.

Mas. Elle celle-là? (*Il donne à sentir les cheveux poudrés de sa perruque.*)

Mad. Elle est tout à fait de qualité ; le sublime en est touché délicieusement.

Mas. Vous ne me dites rien de mes plumes? Comment les trouvez-vous?

Cathos. Effroyablement belles.

Mas. Savez-vous que le brin me coûte un louis d'or? Pour moi, j'ai cette manie de vouloir donner généralement sur tout ce qu'il y a de plus beau.

Mad. Je vous assure que nous sympathisons vous et moi. J'ai une délicatesse furieuse pour tout ce que je porte : et, jusqu'à mes chaussettes, je ne puis rien souffrir qui ne soit de la bonne faiseuse.

Mas. (*s'écriant brusquement.*) Ah! ah! ah! doucement. Dieu me damne, Mesdames! c'est fort mal en user ; j'ai à me plaindre de votre procédé : cela n'est pas honnête.

Cathos. Qu'est-ce donc? qu'avez-vous?

Mas. Quoi! toutes deux contre mon cœur en même temps? M'attaquer à droite et à gauche? Ah! c'est contre le droit des gens ; la partie n'est pas égale, et je m'en vais crier au meurtre.

Cat. Il faut avouer qu'il dit les choses d'une manière particulière.

Mad. Il a un tour admirable dans l'esprit.

Cathos. Vous avez plus de peur que de mal, et votre cœur crie avant qu'on l'écorche.

Mas. Comment diable! il est écorché depuis la tête jusqu'aux pieds.

SCÈNE XI.

CATHOS, MADELON, MASCARILLE, MAROTTE.

Mar. Madame, on demande à vous voir.

Mad. Qui?

Mar. Le vicomte de Jodelet.

Mas. Le vicomte de Jodelet?

Mar. Oui, monsieur.

Cathos. Le connaissez-vous?

Mas. C'est mon meilleur ami.

Mad. Faites entrer vivement.

Mas. Il y a quelque temps que nous ne nous sommes vus, et je suis ravi de cette aventure.

Cathos. Le voici.

SCÈNE XII.

CATHOS, MADELON, MASCARILLE, JODELET, MAROTTE, ALMANZOR.

Mas. Ah! vicomte!

Jod. Ah! marquis! (*Ils s'embrassent l'un l'autre.*)

Mas. Que je suis aise de te rencontrer!

Jod. Que j'ai de joie de te voir ici!

Mas. Baise-moi donc encore un peu, je te prie.

Mad. (*A* CATHOS.) Ma toute bonne, nous commençons d'être connues ; voilà le beau monde qui prend le chemin de nous venir voir.

Mas. Mesdames, agréez que je vous présente ce gentilhomme ci ; sur ma parole, il est digne d'être connu de vous.

Jod. Il est juste de venir vous rendre ce qu'on vous doit, et vos attraits exigent vos droits seigneuriaux sur toutes sortes de personnes.

Mad. C'est pousser vos civilités jusqu'aux derniers confins de la flatterie.

Mas. Don't you find the thought well expressed in the air? *Thief! Thief! Thief!* And then just as though they cried very loud: *Th—th—th—th—th—ief.* And then, again, as though completely out of breath, *thief!*

Mad. That is to note the fine points of things, the extreme finest of the fine. It is simply a marvel, I assure you, and I am wild with enthusiasm over both the air and the words.

Cat. I have never seen anything so fine as that yet.   [study.

Mas. All that I do comes naturally, without

Mad. Nature has certainly been a loving mother to you, and you are a spoiled child of hers.

Mas. How do you pass your time, ladies?

Cat. We do nothing at all.

Mad. So far there has been such a terrible dearth of amusement.

Mas. I offer my services to escort you one of these days to the play, if you will allow me; so much the more as they are going to produce a new play, which I will be delighted to enjoy in your company.

Mad. We will certainly not refuse.

Mas. But, I ask of you to applaud well when we are there, because I have given my word to make the piece a success; the author came again this morning to beg my patronage. It is customary here; among us people of quality, to allow the author to read us their new pieces to gain our good will, and thus attain a reputation, I leave you to imagine, that once our opinion given, the pit would never dare to contradict us. For me, I am very punctilious, and when I promise a poet, I always cry out: Ah! how beautiful it is! Even before the lights are lighted.

Mad. Ah, what an admirable place Paris is; a hundred things happen here every day that, however witty you may be, you are bound to be ignorant of in the provinces.

Cat. Enough, since we are warned, we will do our duty and cry out at everything that is said.

Mas. I don't know if I am mistaken; but you look to me as though you might have written a comedy.   [say.

Mad. There might be some truth in what you

Mas. Ah! On my honor, we must see it. Between you and I, I have composed one I wish to have played.   [intrust it to?

Cat. Played! And what comedians will you

Mas. What a question! To the comedians of the Hotel de Bourgogne; they are the only ones who are capable of doing justice to it; the others are ignorant and recite as they speak; they don't know how to make the rhymes jingle, and to stop and accentuate the fine passages. How can you know where the fine passages are, if the comedian does not stop to give you warning where to applaud?

Cat. True enough, there is a way of making the audience feel the beauty of a work ; and things have only the value that you give them.

Mas. What do you think of my trunks? Do they not go well with the coat?

Cat. Perfectly.

Mas. The ribbons are well selected?

Mad. Furiously well. It is Perdaigeon, purely.

Mas. What do you think of my hose?

Mad. In perfect good taste.

Mas. I can boast of their being a full quarter longer than they usually make them.

Mad. I must acknowledge that I never saw elegance carried to a higher degree.

Mas. Just allow your senses to hover over the-e gloves for one moment.

Mad. Their odor is terribly delicious.

Cat. I never inhaled a more delicious perfume.

Mas. And this? (Gives them the hair of his powdered wig to smell.)

Mad. It is entirely of quality. The sublime is deliciously attained !

Mas. You say nothing of my plumes? How do you like them?

Cat. Frightfully beautiful.

Mas. Do you know that that little blade cost me a louis ? For my part I have the mania to get the handsomest of everything.

Mad. I can assure you that we are in sympathy on that point. I have a furious delicacy in everything I wear, even to my hose, which must be of the finest make.

Mas. (Suddenly.) Ah ! ah ! ah ! easy ! Damnation, ladies ! This is hard usage ; I must protest against this proceeding ; it is an ambush !

Cat. What is it? What is the matter?

Mas. What ! Both at once against my poor heart? Attacked on the right and on the left? Ah ! That is against all rule ; the match is unequal, and I am going to cry, murder !

Cat. I must acknowledge he has the most charming way of saying things.

Mad. His wit is admirable.

Cat. You are more frightened than hurt; your heart cries out before it is even scratched.

Mas. The devil ! It is simply lacerated.

SCENE XI.

CATHOS, MADELON, MASCARILLE, MAROTTE.

Mar. Some one wishes to see you.

Mad. Who ?

Mar. The Viscount de Jodelet.

Mas. The Viscount de Jodelet ?

Mar. Yes, sir.

Cat. Do you know him ?

Mas. He is my best friend.

Mad. Show him in quickly.

Mas. It has been some time since we have seen each other, and I am delighted that this accident causes us to meet.

Cat. Here he is.

SCENE XII.

CATHOS, MADELON, MASCARILLE, JODELET, MAROTTE, ALMANZOR.

Mas. Ah ! Viscount !

Jod. Ah ! Marquis ! (They embrace.)

Mas. How happy I am to meet you!

Jod. How pleased I am to see you here.

Mas. Kiss me again, I beg of you.

Mad. (To Cat.) My dearest, we are beginning to be known. The world of society is finding its way to our house.

Mas. Ladies, allow me to present you this gentleman; on my word, he is worthy of your acquaintance.

Jod. It is but right that we should come and pay you the homage due you; your charms exact their feudal rights from persons of all conditions.

Mad. That is carrying your civilities to the extreme limits of flattery.

Cathos. Cette journée doit être marquée dans notre almanach comme une journée bienheureuse.

Mad. (*A* ALMANZOR.) Allons, petit garçon, faut-il toujours vous répéter les choses ? Voyez-vous pas qu'il faut le surcroît d'un fauteuil ?

Mas. Ne vous étonnez pas de voir le vicomte de la sorte ; il ne fait que sortir d'une maladie qui lui a rendu le visage pâle, comme vous le voyez.

Jod. Ce sont fruits des veilles de la cour et des fatigues de la guerre.

Mas. Savez-vous, Mesdames, que vous voyez dans le vicomte un des vaillants hommes du siècle ? C'est un brave à trois poils.

Jod. Vous ne m'en devez rien, marquis ; et nous savons ce que vous savez faire aussi.

Mas. Il est vrai que nous nous sommes vus tous deux dans l'occasion.

Jod. Et dans des lieux où il faisait fort chaud.

Mas. (*Regardant* CATHOS *et* MADELON.) Oui, mais non pas si chaud qu'ici. Hi ! hi ! hi !

Jod. Notre connaissance s'est faite à l'armée ; et la première fois que nous nous vîmes, il commandait un régiment de caval rie sur les galères de Malte.

Mas. Il est vrai ; mais vous étiez pourtant dans l'emploi avant que j'y fusse ; et je me souviens que je n'étais que petit officier encore, que vous commandiez deux mille chevaux.

Jod. La guerre est une belle chose ; mais, ma foi, la cour récompense bien mal aujourd'hui les gens de service comme nous !

Mas. C'est ce qui fait que je veux pendre l'épée au croc.

Cathos. Pour moi, j'ai un furieux tendre pour les hommes d'épée.

Mad. Je les aime aussi : mais je veux que l'esprit assaisonne la bravoure.

Mas. Te souvient-il, vicomte, de cette demi-lune que nous emportâmes sur les ennemis au siége d'Arras ?

Jod. Que veux-tu dire avec ta demi-lune ? C'était bien une lune tout entière.

Mas. Je pense que tu as raison.

Jod. Il m'en doit bien souvenir, ma foi ! j'y fus blessé à la jambe d'un coup de grenade, dont je porte encore les marques. Tâtez un peu, de grâce ; vous sentirez quel coup c'était là.

Cathos. (*Après avoir touché l'endroit.*) Il est vrai que la cicatrice est grande.

Mas. Donnez-moi un peu votre main, et tâtez celui-ci : là, justement au derrière de la tête. Y êtes-vous ?

Mad. Oui, je sens quelque chose.

Mas. C'est un coup de mousquet que je reçus la dernière campagne que j'ai faite.

Jod. (*Découvrant sa poitrine.*) Voici un coup qui m'a perça de part en part à l'attaque de Gravelines.

Mas. (*Mettant la main sur le bouton de son haut-de-chausse.*) Je vais vous montrer une furieuse plaie.

Mad. Il n'est pas nécessaire, nous le croyons sans y regarder.

Mas. Ce sont des marques honorables qui font voir ce qu'on est.

Cathos. Nous ne doutons pas de ce que vous êtes.

Mas. Vicomte, as-tu là ton carrosse ?

Jod. Pourquoi ?

Mas. Nous mènerions promener ces dames hors des portes, et leur donnerions un cadeau.

Mad. Nous ne saurions sortir aujourd'hui.

Mas. Ayons donc les violons pour danser.

Jod. Ma foi, c'est bien avisé.

Mad. Pour cela nous y consentons : mais il faut donc quelque surcroît de compagnie.

Mas. Holà, Champagne, Picard, Bourguignon, Cascaret, Basque, la Verdure, Lorrain, Provençal, la Violette. Au diable soient tous les laquais si Je ne pense pas qu'il y ait gentilhomme en France plus mal servi que moi. Ces canailles me laissent toujours seul.

Mad. Almanzor dites aux gens de monsieur le marquis qu'ils aillent quérir des violons, et nous faites venir ces messieurs et ces dames d'ici près pour peupler la solitude de notre bal. [*Almanzor sort.*

Mas. Vicomte, que dis-tu de ces yeux !

Jod. Mais toi-même, marquis, que t'en semble ?

Mas. Moi je dis que nos libertés auront peine à sortir d'ici les braies nettes. Au moins, pour moi, je reçois d'étranges secousses, et mon cœur ne tient qu'à un filet.

Mad. Que tout ce qu'il dit est naturel ! Il tourne les choses le plus agréablement du monde.

Cathos. Il est vrai qu'il fait une furieuse dépense en esprit.

Mas. Pour vous montrer que je suis véritable, je veux faire un impromptu là-dessus. [*Il médite.*

Cathos. Hé ! je vous en conjure de toute la dévotion de mon cœur, que nous oyions quelque chose qu'on ait fait pour nous.

Jod. J'aurais envie d'en faire autant : mais je me trouve un peu incommodé de la veine poétique pour la quantité de saignées que j'y ai faites ces jours passés.

Mas. Que diable est-ce là ? Je fais toujours bien le premier vers ; mais j'ai peine à faire les autres. Ma foi ceci est un peu trop pressé ; je vous ferai un impromptu à loisir, que vous trouverez le plus beau du monde.

Jod. Il a de l'esprit comme un démon.

Mad. Et du galant, et du bien tourné.

Mas. Vicomte, dis-moi un peu, y a-t-il longtemps que tu n'as vu la comtesse ?

Jod. Il y a plus de trois semaines que je lui ai rendu visite.

Mas. Sais—tu bien que le duc m'est venu voir ce matin, et m'a voulu mener à la campagne courir un cerf avec lui ?

Mad. Voici mes amies qui viennent.

SCÈNE XII.

LUCILE, CÉLIMÈNE, CATHOS, MADELON, MASCARILLE, JODELET, MAROTTE, ALMANZOR, Violons.

Mad. Mon Dieu ! mes chères, nous vous demandons pardon. Ces messieurs ont eu fantaisie de nous donner les âmes des pieds, et nous vous avons envoyé quérir pour remplir les vides de notre assemblée.

Lucile. Vous nous avez obligées sans doute.

Mas. Ce n'est ici qu'un bal à la hâte ; mais, l'un de ces jours, nous vous en donnerons un dans les formes. Les violons sont-ils venus ?

Alm. Oui, Monsieur, ils sont ici.

Cathos. Allons donc, mes chères, prenez place.

Mas. (*Dansant lui seul comme par prélude.*) La, la, la, la, la, la, la, la.

Mad. Il a la taille tout à fait élégante.

Cathos. Et la mine de danser proprement.

Mas. (*Ayant pris Madelon pour danser.*) Ma franchise va danser la courante aussi bien que mes pieds. En cadence, violons, en cadence. O quels ignorants ! Il n'y a pas moyen de danser avec eux. Le diable vous emporte ! ne sauriez-

Cat. This day will be marked in our almanac as a day of happiness.

Mad. (To Alman.) Come, come, little boy, must I always be obliged to repeat things? Do you not see that we need the increase of an armchair?

Mas. Do not be surprised to see the Viscount in this condition; he has just gotten over an illness which gives him the pallor you must remark.

Jod. That is the fruit that we harvest at Court and through fatigues of war.

Mas. Do you know, ladies, that you see in the Viscount one of the bravest men of the century!

Jod. Ah, Marquis, we know also what you can do in that line.

Mas. It is true, we have seen each other on one or two occasions.

Jode. And in very hot places.

Mas. (Looking at Cat. and Mad.) Yes, but not in the danger we are now braving! Hi! hi! hi!

Jod. We made acquaintance in the army; the first time we met he commanded a regiment of cavalry on the ships of Malta.

Mas. True; but you were in the service before I was; for I remember that I was but a poor little officer when you were in command of two thousand horse.

Jod. War is a glorious thing; but on my faith, the Court rewards but poorly at the present day people of our calibre!

Mas. That is why I intend to hang up my sword.

Cat. For my part, I have a furiously tender spot for military men.

Mad. I love them, too; but I insist upon bravery being seasoned by wit.

Mas. Do you remember, Viscount, that half-moon that we carried off from the enemy at Arras?

Jod. What do you mean with your half-moon? It was a whole moon.

Mas. I think you are right.

Jod. I should think I would remember it. I was wounded in the leg by a grenade, and I carry the scars of it yet. Feel there, I beg of you; you can feel what a blow it must have been.

Cat. (After touching the spot.) True, the scar is very large.

Mas. Give me your hand and feel here, just behind the heel. You feel it?

Mad. Yes, I feel something.

Mas. That is a musket ball I received during my last campaign.

Jod. (Opening his shirt.) Here is a shot that pierced me through and through at the battle of Gravelines.

Mas. (Putting his hand on the top button of his trunks.) I am going to show you a furious wound now.

Mad. It is not necessary. We will take your word for it.

Mas. But these scars are honorable and show what we are.

Cat. We don't doubt what you are.

Mas. Viscount, is your carriage at the door?

Jod. Why?

Mas. We will take these ladies for a promenade and buy them some presents.

Mad. We will not be able to go out to-day.

Mas. Let us have violins and a dance.

Jod. Good, well thought of.

Mad. We will consent to that; but we must increase the company.

Mas. Hello, Champagne, Picard, Bourguignon, Cascaret, Basque, la Verdure, Lorrain, Provencal, la Violette. Where the devil are all the lackeys. I don't believe there is a nobleman in France as badly served as I. These rogues are always leaving me alone.

Mad. Almanzor, tell M. Marquis's people to go in search of violins, and to bring some ladies and gentlemen here to people the solitude of our ball. (Alman. exits.)

Mas. Viscount, what do you say of these eyes?

Jod. And yourself, Marquis? What does it seem to you? I say that we will be lucky if we leave here unharmed. At least, for my part, my heart is seized with the strangest shuddering, and it is only hanging by a thread.

Mad. All that he says is so natural. He has the most charming way in the world of saying things.

Cat. Truly, wit is lavished here.

Mas. To show you that I am true in all I say, I am going to make you an impromptu upon the subject. (He reflects.)

Cat. Ah, I beg of you, from the depth of my heart, let us have something composed by you for us.

Jod. I should like to do as much; but my poetic vein is a little incommodated just now, I have been bled so often the last few days.

Mas. What the devil does this mean? I can always compose the first verse; but I have difficulty with the others. On my word, this is a little too hurried. I will make you an impromptu at my leisure that you will find the most beautiful in the world.

Jod. He has the wit of a demon.

Mad. And his gallantry is simply delicious.

Mas. Viscount, tell me, have you seen the Countess lately?

Jod. It has been three weeks since my last visit there.

Mas. Do you know, the Duke came to see me this morning and wanted to carry me off to the country to chase the deer with him.

Mad. Here are my friends.

SCENE XII.

LUCILLE, CELIMENE, CATHOS, MADELON, MASCARILLE, JODELET, MAROTTE, ALMANZOR, Violinists.

Mad. Ah, my dears, we beg your pardon; these gentlemen took a fancy to put our hearts in our feet, and we have sent for you to fill the void in our assemblage.

Luc. We are obliged to you.

Mas. This ball is given hastily; but one of these days we will give you one in due form. Are the violins here?

Alman. Yes, sir; they are here.

Cat. Come, my dears; take places.

Mas. (Dancing by himself.) La, la, la, la, la, la, la, la, la, la.

Mad. What an elegant figure he has.

Cat. And seems to dance well.

Mas. (Takes Mad. for a dance.) My candor is going to dance as well as my feet. Come, in measure, violins, in measure. Oh, how ignorant! It is impossible to dance with them. The

vous jouer en mesure? La, la, la, la, la, la, la.
Ferme. O violons de village !

Jod. (*Dansant ensuite.*) Holà ! ne pressez pas si fort la cadence ; je ne fais que sortir de maladie.

SCÈNE XIV.

Du Croisy, La Grange, Cathos, Madelon. Lucile, Célimène, Jodelet, Mascarille, Marotte, Violons.

La Grange. (*Un bâton à la main.*) Ah ! ah ! coquins, que faites-vous ici? Il y a trois heures que nous vous cherchons.

Mas. (*Se sentant battre.*) Ahi ! ahi ! ahi ! vous ne m'aviez pas dit que les coups en seraient aussi.

Jod. Ahi ! ahi ! ahi !

La Grange. C'est bien à vous, infâme que vous êtes, à vouloir faire l'homme d'importance !

Du Croisy. Voilà qui vous apprendra à vous connaître.

SCÈNE XV.

Cathos, Madelon, Lucile, Célimène, Mascarille, Jodelet, Marotte, Violons.

Mad. Que veut donc dire ceci ?
Jod. C'est une gageure.
Cathos. Quoi ! vous laisser battre de la sorte !
Mas. Mon Dieu ! je n'ai pas voulu faire semblant de rien, car je suis violent, et je me serais emporté.
Mad. Endurer un affront comme celui-là en notre présence !
Mas. Ce n'est rien ; ne laissons pas d'achever. Nous nous connaissons il y a longtemps, et entre amis on ne va pas se piquer pour si peu de chose.

SCÈNE XVI.

Du Croisy, La Grange, Madelon, Cathos, Célimène, Lucile, Mascarille, Jodelet, Marotte, Violons.

La Grange. Ma foi, marauds, vous ne rirez pas de nous, je vous promets. Entrez, vous autres.

[*Trois ou quatre spadassins entrent.*]
Mad. Quelle est donc cette audace de venir nous troubler de la sorte dans notre maison ?
De Croisy. Comment, Mesdames, nous endurerons que nos laquais soient mieux reçus que nous ; qu'ils viennent vous faire l'amour à nos dépens, et vous donner le bal?
Mad. Vos laquais?
La Grange. Oui, nos laquais ; et cela n'est ni beau ni honnête de nous les débaucher comme vous faites.
Mad. O ciel ! quelle insolence !
La Grange. Mais il n'auront pas l'avantage de se servir de nos habits pour vous donner dans la vue ; et si vous les voulez aimer, ce sera, ma foi, pour leurs beaux yeux. Vite, qu'on les dépouille sur le-champ.
Jod. Adieu notre braverie !
Mas. Voilà le marquisat et la vicomté à bas !
Du Croisy. Ah ! ah ! coquins, vous avez l'audace d'aller sur nos brisées ! Vous irez chercher autre part de quoi vous rendre agréables aux yeux de vos belles, je vous en assure.

La Grange. C'est trop de nous supplanter, et de nous supplanter avec nos propres habits.
Mas. O fortune ! quelle est ton inconstance !
Du Croisy. Vite, qu'on leur ôte jusqu'à la moindre chose.
La Grange. Qu'on emporte toutes ces hardes, dépêchez. Maintenant Mesdames! en l'état qu'ils sont, vous pouvez continuer vos amours avec eux tant qu'il vous plaira ; nous vous laisserons toute sorte de liberté pour cela et nous vous protestons, monsieur, et moi, que nous n'en serons aucunement jaloux.

SCÈNE XVII.

Madelon, Cathos, Jodelet, Mascarille, Violons.

Cathos. Ah ! quelle confusion !
Mad. Je crève de dépit.
Un des Vio. (*A Mascarille.*) Qu'est-ce donc que ceci? Qui nous paiera, nous autres?
Mas. Demandez à monsieur le vicomte.
Un des Vio. (*A Jodelet.*) Qu'est-ce qui nous donnera de l'argent?
Jod. Demandez à monsieur le marquis!

SCÈNE XVIII.

Gorgibus, Madelon, Cathos, Jodelet, Mascarille, Violons.

Gor. Ah ! coquines que vous êtes vous nous mettez dans de beaux draps blancs, à ce que je vois ! Je viens d'apprendre de belles affaires vraiment de ces messieurs et de ces dames qui sortent !
Mad. Ah ! mon père, c'est une pièce sanglante qu'ils nous ont faite.
Gor. Oui, c'est une pièce sanglante, mais qui est un effet de votre impertinence, infâmes. Ils se sont ressentis du traitement que vous leur avez fait ; et cependant, malheureux que je suis, il faut que je le boive l'affront.
Mad. Ah ! je vous jure que nous en serons vengées, ou que je mourrai en la peine. Et vous, marauds, osez-vous vous tenir ici après votre insolence ?
Mas. Traiter comme cela un marquis ! Voilà ce que c'est que du monde, la moindre disgrâce nous fait mépriser de ceux qui nous chérissaient. Allons, camarade ; allons chercher fortune autre part ; je vois bien qu'on n'aime ici que la vaine apparence, et qu'on n'y considère point la vertu toute nue.

SCÈNE XIX.

Gorgibus, Madelon, Cathos, Violons.

Un des Vio. Monsieur, nous entendons que vous nous contentiez à leur défaut pour ce que nous avons joué ici.
Gor. (*Les battant.*) Oui, oui, je vous vais contenter, et voici la monnaie dont je veux vous payer. Et vous, pendardes, je ne sais qui me tient que je ne vous en fasse autant. Nous allons servir de fable et de risée à tout le monde ; et voilà ce que vous vous êtes attiré par vos extravagances. Allez vous cacher, vilaines ; allez vous cacher pour jamais. (*Seul.*) Et vous qui êtes cause de leur folie, sottes billevesées, pernicieux amusements des esprits oisifs, romans, vers, chansons, sonnets et sonnettes, puissiez-vous être à tous les diables !

FIN.

devil take you, can't you play in time? La, la, la, la, la, la, la, la. Stop, old country violinists!

Jod. (Danc ng.) Hello, there! Don't go so fast. I have just got over an attack of sickness.

SCENE XIV.

DU CROISY, LA GRANGE, CATHOS, MADELON, LUCILLE, CELIMENE, JODELET, MASCARILLE, MAROTTE, Violinists.

La Grange. (With a stick in his hand.) Aha! Rogues, what are you doing here? We have been looking for you the past three hours.

Mas. (As La Grange beats him.) Ahi! Ahi! Ahi! You did not tell me that I would be beaten.

Jod. Ahi! Ahi! Ahi!

La Grange. Ah, it is just like you, rascal, to try to play the man of importance.

De Croisy. This will teach you to know yourselves.

SCENE XV.

CATHOS, MADELON, LUCILLE, CELEMINE, MASCARILLE, JODELET, MAROTTE, Violinists.

Mad. What is the meaning of this?

Jod. It is a wager.

Cat. What! Allow yourself to be beaten in this way?

Mas. I did not wish to give way, because I have a violent temper, and I might have gotten angry. [ence!

Mad. To receive such an insult in our pres-

Mas. It is nothing; let us go on. We have known each other a long time, and among friends we don't get angry for so little.

SCENE XVI.

DU CROISY, LA GRANGE, MADELON, CATHOS, CELEMINE, LUCILLE, MASCARILLE, JODELET, MAROTTE, Violinists.

La Grange. On my honor, our brigands will not make fun of us, I promise you. Come in, you people. (Three or four bravados enter.)

Mad. What does this mean, to come and trouble us in our own house?

Du Croisy. How, ladies, to allow our servants to be better received than ourselves; allow them to come and make love to you at our expense and give you a ball?

Mad. Your servants?

La Grange. Yes; our lackeys; and it is not in good form or anything to boast of.

Mad. Oh, heavens, what insolence!

La Grange. But we will not allow them the privilege of using our clothes to appear well in your sight; if you wish to love them, on my honor, it will be for their handsome eyes. Come, off with those things immediately!

Jod. Farewell, finery!

Mar. Here are our titles overthrown!

Du Croisy. Aha, rogues, you had the audacity to follow on our tracks! You will go somewhere else and seek the wherewithal to render yourselves agreeable to your sweethearts, I promise you.

La Grange. To supplant us in our own clothes is a little too much.

Mas. Oh, the fickleness of fortune!

Du Croisy. Quick, off with everything!

La Grange. Let all these clothes be taken away; and now, ladies, if you wish to continue your loves with them in the state they are now, you can suit yourselves. We will leave you in all liberty, and we protest that we are not in the least jealous.

SCENE XVII.

MADELON, CATHOS, JODELET, MASCARILLE, Violinists.

Cat. Ah, what confusion!

Mad. I am bursting with rage.

Vio. (To Mas.) What's all this? Who will pay us?

Mas. Ask the Viscount.

Vio. (To Jode.) Who will give us the money?

Jod. Ask the Marquis.

SCENE XVIII.

GORGIBUS, MADELON, CATHOS, MASCARILLE, Violinists.

Gor. Ah, wretched girls that you are!. Here we are in a fine pickle, from what I can see! I have just learned great things from these ladies and gentlemen that left here!

Mad. Ah, father, this is a terrible comedy that has been played.

Gor. Yes, but it is the fruit of your impertinence, wretched women. They revenge themselves for the reception you gave them, and I am unfortunate enough to be obliged to swallow the insult.

Mad. Ah! I swear to you that we will have revenge or I shall die of shame! And you, brigands, how dare you remain here after this impertinence?

Mas. To treat a Marquis in this way! This is the way of the world—the least misfortune causes us to be despised by those who held us dear. Come, comrade, let us seek fortune elsewhere; I see that here they care only for empty vanities of life, and that they have no consideration for plain truth.

SCENE XIX.

GORGIBUS, MADELON, CATHOS, Violinists.

Vio. Sir, we expect you to satisfy our demands for the time we have played.

Gor. (Beating them.) Yes, yes, I will satisfy you, and this is the money I will pay you with; and you, idiots, I don't know what keeps me from treating you in the same way. We are going to be the laughing stock of everybody. That is what you have brought upon yourselves by your extravagant nonsense. Go and hide yourselves; go, hide yourselves forever! (Alone.) And you, who have caused their folly, pernicious amusement for idle minds, novels, poems, songs, sonnets, may the devil take you all.

THE END.

SUNSHINE FOLLOWS RAIN.

(LA JOIE FAIT PEUR.)

COMEDY IN ONE ACT.

BY

MADAME EMILE DE GIRARDIN.

CAST OF CHARACTERS.

ADRIEN, SON OF MADAME DES AUBIERS.	MADAME DES AUBIERS.
NOEL, OLD SERVANT.	BLANCHE, DAUGHTER OF MADAME DES AUBIERS.
OCTAVE, FRIEND TO ADRIEN.	MATHILDE DE PIERREVAL.

Scene takes place near Havre.

PUBLISHED BY F. RULLMAN,
AT THE THEATRE TICKET OFFICE, No. 111 BROADWAY,
NEW YORK.

LA JOIE FAIT PEUR.

SCÈNE PREMIÈRE.

Un petit salon: au fond une porte à deux battants, ouvrant sur le théâtre; de chaque côté de la porte, un canapé; à droite, dans l'angle, une fenêtre à balcon, avec de grands rideaux; au premier plan, une cheminée; une table servant à dessiner est près de la fenêtre; un fauteuil sur le devant de la scène; à gauche, au premier plan, une table à tiroir adossée au mur; dans l'angle, une porte; sur le devant de la scène, une chaise longue, faisant face à la cheminée, un pouff est devant la chaise longue.

MADAME DES AUBIERS, BLANCHE, OCTAVE, MATHILDE.

Madame des Aubiers est assise sur la chaise longue; Blanche est près d'elle, assise sur le pouff, faisant face au public; toutes deux travaillent au même morceau de guipure; Octave, assis sur le canapé du fond à droite. tient un livre, mais il ne lit pas, il regarde Mathilde avec inquiétude; celle-ci, assise devant une table, près de la fenêtre, dessine. Les trois femmes sont en deuil. Un silence jeu muet.— Madame des Aubiers, rêveuse, laisse tomber son ouvrage; elle reste immobile et des larmes coulent de ses yeux. Blanche la regarde tristement, elle se lève, essuie les larmes de sa mère, elle l'embrasse, puis elle va près d'Octave, qui se lève.

Bl. Quel temps affreux, cette nuit! Et tous nos pauvres pêcheurs, partis depuis hier matin!

Oct. Ils sont rentrés dans le port. Je les ai vus, j'étais sur la jetée.

Math. (à elle-même, regardant à l'horizon). Autrefois, au bruit de la tempête, je frissonnais, je pensais à lui, et je tremblais! Aujourd'hui, que m'importent les dangers et la tempête!

Mad. des Aub. (à elle-même). Hélas! plus même d'inquiétude!

Oct. Le vent était si violent qu'il a brisé le grand mât devant la cabane de la Gervaise, votre voisine.

Bl. (bas à Octave). Chut! ne parlez pas de la Gervaise devant maman. Elle aussi a perdu son fils; voilà deux ans qu'elle n'a eu de nouvelles.

Oct. (bas à Blanche). Ah! la veuve du maître pilote, elle avait un fils?

Bl. (bas à Octave). On croit qu'il a péri dans le naufrage de l'*Amphitrite*. Ne parlez jamais de cela ici—le nom seul de la Gervaise fait pleurer maman—cela lui rappelle.

Oct. Je comprends—cher Adrien! mon ami d'enfance.

Math. Mourir à vingt-trois ans, après le succès.

Oct. Quand déjà nos savants appréciaient l'importance de ses travaux et de ses découvertes! (Il va s'asseoir sur le canapé, à gauche.)

Bl. (qui s'est approchée de Mathilde, regardant le portrait). Oh! c'est bien lui! c'est s n doux regard—son air fier! Prends garde que maman ne le voie, ce portrait, il est si ressemblant, il lui ferait mal. Mon pauvre frère! Tu l'aimes donc toujours?

Math. Enfant! (La regardant fixement.) Quand tu es triste, tu as ses yeux. (Elle l'embrasse.) C'est ce mois-ci que nous devions nous marier.

Bl. (à part). Comme il la regarde!

SCÈNE II.

MADAME DES AUBIERS (absorbée sur la chaise longue), OCTAVE (sur la canapé à gauche), NOEL (entrant du fond dont il referme la porte), BLANCHE, MATHILDE (dessinant).

Noel. (à voix basse, après avoir regardé Madame des Aubiers.) Mademoiselle Blanche.

Bl. (allant à lui vers la porte). Que veux-tu, Noël?

Noel. C'est l'architecte, c'est-à-dire le maître maçon qui vient pour le vieux mur qui est tombé —il voudrait parler à madame.

Bl. (bas à Noël). Bien! (Elle s'avance vers sa mère, puis revient à Noël.) Apporte-t-il le plan de la grange que je lui ai demandé?

Noel. (bas). Oui, il dit que la ne coûterait presque rien à bâtir, que madame a ici tous les matériaux. Tâchez qu'elle consente—Vous la mènerez voir les ouvriers travailler, ça la forcera à prendre un peu l'air, à marcher—ce sera toujours ça de gagné.

Bl. Elle ne voudra pas.—Si je lui demandais de faire faire en même temps une petite serre pour mes fleurs?

Noel. Vos quatre orangers?

Bl. J'en aurai d'autres. Mais non, il ne faut pas que je le lui demande, elle verrait bien que c'est une idée pour elle, et elle ne voudrait pas. Il faut qu'elle croie que je le désire.—Vois-tu, Noël, il n'y a que l'idée de me faire plaisir qui puisse l'entraîner—il faut bien se dire cela.

Noel. Oui—Tâchons d'enlever cette affaire-là aujourd'hui, toute de suite.

Bl. Si je prenais Mathilde.

Noel. Elle? Elle n'est bonne à rien—elle ne sait que pleurer.

Bl. Et faire des chefs-d'œuvre.

Noel. Bah! les chefs-d'œuvre, ça ne console pas.

Bl. Pourtant—

Mad. des Aub. (tirée de sa rêverie). Qu'est-ce donc?

Bl. (revenant vers sa mère). Maman, c'est Noël qui veut absolument que vous parliez au maître maçon pour cette nouvelle grange que vous vouliez faire bâtir, il y a trois mois—avant notre malheur. Je lui dis que vous n'êtes plus disposée à vous occuper d'affaires, que vous ne pouvez penser à cela maintenant. Il ne m'écoute

SUNSHINE FOLLOWS RAIN.

SCENE I.

A small parlor : Folding door at back, opening on the stage, a sofa on each side of the door, a window opening on the balcony at an angle R. Heavy curtains to windows. A mantel at 1st entrance, a drawing table near the window, an armchair down front. L, first entrance a table with a drawer pushed close against the wall, a door at right angle, a lounge opposite chimney, footstool near the lounge.

MADAME DES AUBIERS, BLANCHE, OCTAVE,

MATHILDE.

Madame Aubiers is sitting on the lounge, Blanche sitting near her on the stool facing the public ; both working on the same piece of lace ; Octave sitting on the sofa holding a book, but not reading; he is watching Mathilde anxiously ; Mathilde is sitting before the table near the window drawing. All three women are in mourning. A pause at the rise of curtain. Madame des Aubiers absently allows the work to fall from her hands, remains immobile as the tears stream from her eyes. Blanche looks sadly at her, rises, drys her mother's tears, kisses her, then goes to Octave, who rises.

Bl. What terrible weather to-night, and all our poor fishermen out since this morning.

Oct. They have come into port. I saw them ; I was on the dock.

Math. (To herself, watching the horizon.) Once on a time the storms made me shudder. I thought of him and trembled. Now, what are the dangers and tempests to me ?

Mad. des Aub. (To herself.) Alas ! no more uneasiness now.

Oct. The wind was so violent that it shattered the tall mast in front of the Gervaise, our neighbor's cabin.

Bl. (Aside to Octave.) Ssh ! don't speak of Gervaise before mamma. She also has lost her son ; it has been two years since she had any news of him.

Oct. (Whispering to Blanche.) Ah ! had the widow of the master pilot a son ?

Bl. They think he perished in the wreck of the Amphitrite. Never speak of that here—Gervaise's name alone makes mamma weep—it reminds her.

Oct. I understand—dear Adrien—friend of my childhood.

Math. To die at the age of twenty-three, after such a success.

Oct. When our "savants" already appreciated his discoveries. (Goes and sits on sofa L.)

Bl. (Who has approached Mathilde, and is looking at the drawing.) Oh ! that is indeed he ; his gentle look and proud air. Take care that mamma does not see this picture, it is so like him it would make her feel badly. My poor brother !—you love him still ?

Math. Child ! (Looks her steadily in the face.) When you are sad your eyes are like his. (Kisses her.) We were to have been married this month.

Bl. (Aside.) How he looks at her.

SCENE II.

Madame des Aubiers, absorbed in thought, on the lounge, Octave on the sofa L, Noel entering at back and carefully closing the door after him, Blanche, Mathilde, drawing.

Noel. (Aside to Blanche, as he watches Mad. des Aubiers.) Mademoiselle Blanche.

Bl. (Going to him.) What do you want, Noel ?

Noel. It is the architect, or rather the master mason, who is coming to see about tthe wall that has fallen ; he would like to speak to madame.

Bl. (Aside to Noel.) Well ! (She goes toward her mother, then returns to Noel.) Did he bring the plans for the grange that we asked him to bring ?

Noel. Yes ; he said it would cost very little to build ; madame has all the materials here. Try to get her to consent. You will take her to watch the workmen ; that would oblige her to take a little exercise and a little fresh air—it would always be that much gained.

Bl. Ssh ! she will not wish it. Suppose I were to ask her to have a little hothouse built at the same time for my flowers ?

Noel. Your four orange trees ?

Bl. I would have more. But no, I must not ask her that ; she would see very well that it was only an idea for her amusement, she would not wish it. She must believe that I desire it. You see, Noel, it is only the hope of pleasing me that will make her do anything—we have to acknowledge that.

Noel. Yes ; try to carry out that little piece of business to-day.

Bl. If I were to ask Mathilde.

Noel. She ? She is good for nothing—all she knows how to do is to cry.

Bl. And paint masterpieces.

Noel. Bah ! Masterpieces ! That does not console anybody.

Bl. However—

Mad. des Aub. (Looking up.) What is it ?

Bl. (Returning to her mother.) Mamma, it is Noel who insists upon your speaking to the master mason about the new grange you wanted built three months ago—before our misfortune. I tell him that you are not disposed to occupy yourself with such business now. He won't lis-

pas—il est fou—il va faire monter cet homme—il dit que ça ne coûtera presque rien.

Noël (qui est descendu en scène). Rien—madame, rien.

Bl. Qu'on pourra même adapter au bâtiment une petite serre pour moi, pour que je m'amuse à soigner des fleurs.

Noël (à part). Très-bien !

Bl. Que cela me distraira. Eh ! mon Dieu ! je n'ai pas besoin de me distraire.—Je ne veux pas m'amuser.—Et d'ailleurs, je n'aime plus les fleurs. (Elle a gagné le milieu du théâtre.)

Mad. des Aub. (à part). Chère enfant, toujours en larmes !—Cette vie-là est dangereuse à son âge.—Ses belles couleurs se flétrissent. (Haut.) Tu aimais tant les fleurs autrefois !

Bl. Oui, alors.—

Mad. des Aub. Alors tu n'étais pas seule à les soigner.—Mais au moins il faut garder celles qu'il aimait—c'est un souvenir chéri.—Noël a raison, ma fille, je vais parler au maître maçon.

Bl. (bas à Noël). Tu l'entends !

Noël. C'est de la bonne malice. (A part.) Elle est le démon du bien.

Mad. des Aub. Noël, va ouvrir la grille du côté de la ferme. (Noël sort.—A part.) Allons, du courage. (Haut.) Viens, Blanche, il faut que tu donnes ton avis; c'est pour toi. (Elle sort avec Blanche.)

———

SCÈNE III.

OCTAVE, MATHILDE.

Oct. (se levant et fermant la porte). Seuls un moment par hasard—(Il s'approche de Mathilde, qui se lève aussitôt et reste immobile.) De grâce, écoutez-moi, je vous en supplie ! Laissez-moi promettre à votre père que bien tôt vous reviendrez chez lui.—

Math. Je vous l'ai déjà dit, je veux, je dois rester ici.

Oct. Vous devez demeurer chez vos parents, dans votre famille.

Math. Ma famille est celle-ci—celle de l'homme que je devais épouser.

Oct. Je comprends que vous ayez voulu le pleurer près de sa sœur et de sa mère dans les premiers jours de votre chagrin; mais après trois mois de deuil, il me semble.—

Math. Eh ! monsieur, si j'étais sa veuve, j'aurais le droit de porter son deuil toute ma vie.

Oct. Alors ce serait différent—les convenances—

Math. (irritée, passant à gauche). Eh ! qu'appelez-vous les convenances ? Je pleure avec ceux qui ont la même douleur que moi, voilà pour moi les seules convenances.

Oct. Vos devoirs de fille.

Math. La mère d'Adrien est pour moi une mère.

Oct. Mais enfin, votre père.—

Math. Mon père est remarié; il est heureux: il n'a pas besoin de moi, et je suis certaine que sans vos observations—inutiles, mon père n'aurait point songé à me rappeler à Paris.

Oct. Il souffre de vous savoir en proie à un si violent désespoir ! Il vous aime, il est fier de vous, de vos succès. Être au premier rang parmi nos plus fameux artistes, et perdre tout cela dans les larmes et dans l'oisiveté de la douleur !—Votre père a raison—il dit que bientôt l'art lui-même vous fera défaut, que vous ne pourrez plus peindre:—

Math. Eh bien ! je ne peindrai plus.

Oct. Que vous tomberez malade et que vous mourrez.—

Math. Eh bien ! je mourrai.

Oct. Vous n'en avez pas le droit.—Votre talent et vos succès vous engagent.

Math. Eh ! qu'importent à présent mes succès ! Adrien n'est plus là.—Mon talent ! Tout ce que je lui demande (allant à la table où elle dessinait), c'est la force d'achever son portrait. Oh ! je voudrais le faire bien ressemblant—laisser de lui un beau souvenir.—Ce cher portrait ! ce sera mon dernier travail ! Mais—sans lui !—Disputer à la mort cette pauvre image perdue. Ah ! c'est affreux ! (Elle s'accoude sur la table, la tête dans les deux mains, et pleure.)

Oct. Quelle idée aussi de partir, de vous quitter d'aller courir le monde ! Comment voyage-t-on quand on est aimé ! Mais moi, Mathilde, si vous m'aviez aimé un peu, seulement un peu, je n'aurais jamais eu le courage de vous dire adieu; non, j'aurais voulu passer ma vie à vous regarder vivre. Je n'aurais pas rêvé la gloire, moi, le vain éclat de mon nom.—Votre gloire charmante m'aurait suffi; je n'aurais rien désiré de plus noble que de vous aider à briller vous-même ,pour nous; je n'aurais songé qu'à vous secourir dans vos travaux; je me serais fait le serviteur de votre génie, et ce rôle modeste et fier m'aurait enivré. Ah ! c'est que moi, je ne suis pas un ambitieux—j'aime ! (Mathilde a relevé la tête. Elle serre le portrait dans le tiroir de la table.) Sans doute, lui vous aimait, il avait pour vous une affection sérieuse; mais s'il vous avait aimée d'amour, d'un véritable amour—(Mathilde se relève.) Vous avez beau vous fâcher, je le répète—il ne serait point parti.

Math. Et moi je ne l'aurais pas aimé ? car c'est son ambition qui me plaisait—cette soif de la renommée, ce besoin de porter dignement un nom déjà illustre dans l'histoire de son pays. Il aimait mieux courir des dangers, braver mille morts que de rester inutile et inconnu près de moi, dites-vous ? Eh bien ! c'est là son mérite à mes yeux, c'est cette audace qui m'a séduite. Adrien ne m'aimait pas ! Voilà ce que vous tenez à me faire comprendre, n'est-ce pas ?—Soit, j'ai compris, et je vous réponds que j'aime mieux cette héroïque indifférence, cet abandon glorieux, que la passion exclusive, la tendresse éternelle que tout autre oserait m'offrir.

Oct. Vous êtes injuste, Mathilde; je ne mérite pas cette indignation. En quoi vous ai-je donc si cruellement offensée ?

Math. (avec colère.) Vous m'aimez !

Oct. Est-ce un crime ?

Math. Oui!—c'est votre ami que je pleure.

Oct. Vous ne le connaissiez pas encore que je vous aimais déjà. Alors vous ne vous fâchiez pas de mon amour.

Math. (avec insolence.) J'en ris.

Oct. Oh ! vous êtes sans pitié ! Vous voulez donc me désespérer ?—

Math. Vous voulez bien me consoler ! Vous ne sentez donc pas ce qu'il y a pour moi d'offensant et de méprisant dans votre espérance ? Me parler d'amour quand je pleure, c'est me dire que je suis un cœur sans foi, une femme sans

ten to me—he is crazy—wants to bring that man here—he said it would cost scarcely anything.

Noel. (Coming down stage.) Nothing, madame, nothing.

Bl. That they could even build a little conservatory with it, so that I could amuse myself taking care of my flowers.

Noel. (Aside.) Well done!

Bl. That would entertain me. Eh! dear me! I don't need any entertainment. I don't want to amuse myself. And at any rate, I don't care for flowers any more. (Goes centre.)

Mad. des Aub. (Aside.) Dear child, always in tears—that existence is dangerous at her age; her rosy cheeks are leaving her. (Aloud.) You used to love flowers so much!

Bl. Yes, then—

Mad. des Aub. Then you were not alone to care for them. At least we must keep those which he loved—it is a precious souvenir. Noel is right, my daughter; I will speak to the master mason.

Bl. (Aside to Noel.) You hear!

Noel. That is to use diplomacy in a good cause. (Aside.) She is the demon of good.

Mad. des Aub. Noel, go and open the gate towards the farm. (Noel exits.) (Aside.) Come, courage. (Aloud.) Come, Blanche, you must give your advice; it is for you, you know. (She exits with Blanche.)

SCENE III.

Octave, Mathilde.

Oct. (Rising and closing the door.) Alone, by chance, for one moment, at last. (He approaches Mathilde, who arises immediately and stands immobile.) In mercy listen to me, I implore you! Let me promise your father that you will soon return to him.

Math. I have already told you I desire and it is my duty to remain here.

Oct. You could live with your parents, with your family.

Math. My family is here—the family of a man I was to have married.

Oct. I understand that you had wished to spend the first days of your grief here and mourn him with his mother and sister; but after three months of mourning, it seems to me——

Math. Eh! Sir, if I were his widow I would have the right to wear mourning for him my whole life.

Oct. Then it would be different—the customs——

Math. (Irritated. Crosses L.) What do you mean by customs? I weep with those whose grief is the same as mine; for me, that constitutes custom.

Oct. But your duty as a daughter?

Math. Adrien's mother is my mother.

Oct. But your father——

Math. My father is married a second time; he is happy; he does not need me, and I am certain that without your observation—which is useless—my father would never have thought of calling me back to Paris.

Oct. He is unhappy to know that you are a prey to such violent grief; he loves you, he is proud of you, of your success. To be among the first in the ranks of our famous artists, and to lose all that by remaining in tears and in the idleness of grief! Your father is right; he says that very soon Art itself will abandon you, that you will no longer be able to paint.

Math. Well, then, I will not paint.

Oct. You will fall sick, and die.

Math. Well, then, I will die.

Oct. You have no right to act so; your talent and your success should constitute a duty.

Math. What is my success to me now? Adrien is no longer here. My talent! All that I ask of it (going to the table where she was drawing), is the strength to finish his portrait. Oh! I wanted it to be a striking likeness—to leave a remembrance of him. This dear portrait! It will be my last work! But—without him!—to dispute with death the dear image I have lost. Oh! it is dreadful! (She leans her head on the table between her two hands and weeps.)

Oct. What an idea he had to leave you, to go roaming about the world! How can people travel when they are loved so well? But, Mathilde, if you had loved me a little, only a little, I never would have had the courage to say good-bye to you. No, I would have wished to spend my whole life in watching you live. I would never have dreamed of glory, the vain glory of a name. Your glory would have sufficed me; I should have desired nothing more noble than to have helped you to shine; I would have never dreamed of any farther than helping you in your work; I should have been the servant of your genius; this modest part would have been enough to constitute my happiness. Ah! I am not ambitious—I love! (Mathilde raises her head. Puts the portrait in the drawer of the table.) No doubt he loved you, his affection for you was a serious one; but if he had loved you with a true love (Mathilde rises)—you can get angry, if you like—but I repeat, he would never have gone away.

Math. And on my part, I should never have loved him, because it was his ambition which pleased me—this thirst for fame, this need of bearing, with dignity, a name that was already illustrious in the history of his country. He preferred to risk danger, brave a thousand deaths, rather than remain useless and unknown near me, as you say! Well! in my eyes that is to his credit, it is this boldness that captivated me. Adrien did not love me! that's what you wish me to understand; is it not so? So be it. I understand, and I reply that I prefer this heroic indifference, this glorious abandonment, to the exclusive fact and eternal tenderness that you, or any one else, should dare to offer me.

Oct. You are unjust, Mathilde; I do not deserve your indignation. What have I done to offend you so cruelly?

Math. (Angrily.) You love me!

Oct. Is that a crime?

Math. Yes! Because I mourn for your friend.

Oct. I loved you already before you ever knew him. Then you did not get angry with me for loving you.

Math. (Mockingly.) I simply laughed at you.

Oct. Oh! you are without pity! You wish to drive me to despair.

Math. You wish to console me! Don't you understand what there is in your hopes that is offensive and contemptible in my eyes? To speak to me of love when I am weeping, that is to tell me that I am faithless, and a woman

souvenir, sans religion, sans pudeur ! Mais, si je me consolais, je serais une misérable, je me haïrais ! Je n'ai plus de valeur que par mon désespoir ; je vis pour conserver dans mon âme son souvenir, son image, pour continuer sa pensée ; je vis pour l'évoquer, pour le pleurer, pour l'aimer ! Et vous venez—vous osez ! (Elle traverse la scène.) Oh ! cette idée me révolte ! Vous osez venir me dire, à moi : " Je vous aime, oubliez-le, oublions-le ensemble !" Et vous vous étonnez que je m'indigne ! Oh ! mais moi, je m'étonne que je puisse vous écouter encore si longtemps ! Il vient ici compter mes larmes et savoir si elles ne commencent pas à se tarir—et il espère, il est capable d'espérer—et il ose rêver qu'il me consolera—parce qu'il m'aime, lui, et qu'il saura bien me prouver qu'Adrien ne m'aimait pas ! Adrien ! oh mon Dieu ! était-ce là ton ami ?

Oct. Calmez-vous, de grâce ! j'ai tort—mais je suis si malheureux de vous voir souffrir !

Math. Je veux souffrir.

Oct. Le ciel m'est témoin que je donnerais ma vie pour vous sauver de ce désespoir qui vous tuera.

Math. Je ne veux pas qu'on me sauve, je ne veux pas que l'on s'intéresse à moi, je ne veux pas qu'on m'aime.

Oct. Mathilde !

Math. Laissez-moi—laissez-moi !

(Elle sort vivement, la porte reste ouverte, et l'on aperçoit aussitôt Noël dans le fond, un plumeau à la main.)

———

SCÈNE IV.

NOEL, OCTAVE.

Oct. Par pitié ! (Descendant la scène, à droite.) Faut-il donc l'abandonner ! Ce désespoir, c'est de la démence.—Tout ce qu'elle a de force et de génie, elle l'emploie à souffrir.—

Noel (posant son plumeau et fermant le porte. Qu'est ce donc ? Vous la tourmentez.

Oct. Je cherche à la consoler.

Noel. Puisqu'elle ne veut pas être consolée !—

Oct. Mais, Noël, vous ne voyez donc pas les ravages que le chagrin a déjà causés en elle ?—quel changement ! quelle pâleur !

Noel. Qu'est-ce que cela vous fait ? Tenez, mon cher enfant, laissez-moi vous parler franchement. Ce n'est pas bien à vous d'aimer mademoiselle de Pierreval. C'était la future d'Adrien, vous devez le respecter ! Ensuite, c'est une femme que ne vous convient pas, à vous : fils unique de notre plus riche armateur, vous êtes fait pour vivre au Havre, tranquillement, commercialement heureux ; pour épouser une bonne petite femme sans génie, qui aura de l'esprit et pas de talents, qui ne fera pas votre portrait, mais qui ne fera pas non plus celui des autres et qui n'aimera que vous. Je m'y connais, celle-là ne vous aimera jamais.

Oct. (allant s'asseoir à droit). Vous dites vrai, Noël, il faut que je l'oublie.

Noel. Il y en a tant d'autres ! Pourquoi vous obstiner à celle qui ne veut pas de vous ?

Oct. Je repartirai ce soir.

Noel (mécontent). Déjà ! Pourquoi partir ?

Oct. Ma vue lui fait mal.

Noel (finement). Votre vue ne fait pas mal à tout le monde.

Oct. Que voulez-vous dire ?

Noel. Je veux dire qu'il y a des personnes auxquelles votre vue est agréable—à moi, par exemple—à madame—à mademoiselle Blanche—c'est ça une aimable fille !—on ne la loue pas dans les journaux, dans LA VIGIE, mais—

Oct. Oui, je crois qu'elle sera très-belle.

Noel. (à part). Sera ! Il lui faut des femmes belles tout de suite. Il ne se doute pas que notre petite Blanche l'aime.

Oct. Elle a déjà beaucoup d'esprit.

Noel. Et de l'instruction ! et si gaie, quand elle n'a pas de chagrin ! Ah ! celle-ia, si quelqu'un voulait la consoler, elle ne lui dirait pas des sottises. (Octave garde le silence. A part.) Il ne comprend pas—il ne voit rien. Ah ! on a bien raison de dire que l'amour est aveugle—il l'est pour toutes choses.

Oct. (se levant.) Noël, je serai à Paris demain.

Noel. Demain ?

Oct. Si mademoiselle de Pierreval était malade, si madame des Aubiers avait besoin de oi, écrivez-moi—

Noel. Consoler, distraire trois femmes au désespoir, c'est une rude tâche, et maintenant que me voilà seul—

Oct. Vous pouvez compter sur moi ; j'ai été élevé dans la maison avec votre cher Adrien, et quoique je ne sois pas de la famille.—

Noel. Oh ! il y a plusieurs manières d'être de la famille.

Oct. J'en suis par le cœur, par le choix, par le souvenir.

Noel. (à part.) Qu'il est bête !

Oct. Adrien me traitait en frère, je serai pour sa mère un fils.

Noel. Mais, c'est tout ce que je demande.

Oct. Faites que je puisse partir ce soir. (Il sort).

———

SCÈNE V.

NOEL (seul).

Pauvre garçon, il fait ce qu'il peut—il faut être juste, il est dévoué, et s'il n'avait pas vu notre Blanche toute petite, il y a longtemps qu'il en serait fou ; mais elle est si jolie ! il faudra bien qu'il la regarde. (Voyant entrer Blanche qui pleure et va s'asseoir sur le canapé à droite.) C'est elle !—toujours en larmes—c'est décourageant ! (Il va fermer la porte.)

———

SCÈNE VI.

NOEL, BLANCHE.

Noel. Mademoiselle Blanche, qu'est-ce que vous faites donc ? Vous m'aviez promis de ne plus pleurer. (Il và s'asseoir auprès d'elle.)

without remembrance, without religion, without fame; but if I was to console myself I would be a wretch; I should hate myself! My only worth is through my despair; and I live solely for the purpose of keeping his image in my heart and to continue his remembrance; I live to invoke him, to weep for him, to love him! and you can't, you dare! (She crosses the stage.) Oh! the thought is revolting! You dare to come before me; "I love you forgetting, let us forget him together," and you are surprised that I am indignant. Oh! I am surprised that I can listen to you so long. You come here to count my tears, to see if they have not begun to run dry—and you hope, you are capable of hoping—you dare to dream of consoling me, because you love me, and you will be able to prove to me that Adrien did not love me! Adrien! My God! and this was your friend!

Oct. Calm yourself, in mercy! I am wrong—but I am so unhappy to see you suffering.

Math. I wish to suffer.

Oct. Heaven is my witness, that I would give my life to save you from the despair which is killing you.

Math. I don't wish to be saved, I don't wish any one to be interested in me, I don't wish to be loved.

Oct. Mathilde!

Math. Leave me—leave me! (She exits quickly, leaves the door open, and Noel is seen at the back with a duster in his hand.)

———

SCENE IV.

NOEL, OCTAVE.

Oct. In mercy! (Comes down stage R.) Must I abandon her? But this grief is a terrible folly. All her strength, all her genius, is employed in suffering.

Noel. (Laying down his duster and closing the door.) What is it? You are tormenting her.

Oct. But don't you see, Noel, the ravages grief has already made in her? What a change! How pale she is!

Noel. What is that to you? See here, my dear child, let me speak frankly. You are wrong about M. de Pierreval. She was the betrothed of Adrien and you should respect her! And then she is a woman who would not suit you at all; you, the son of our richest Amorer, you were born to live in Havre, quietly and happily, as a merchant, and marry a good little wife, without any genius, who will be witty and not talented, who would not paint your picture, but neither would she paint other people's pictures, and who would love you alone. I know what I am talking about, that woman will never love you.

Oct. (Sitting R.) That is true, Noel, and I must forget her.

Noel. There are many others! Why will you insist upon loving one who does not love you?

Oct. I will take my departure to-night.

Noel. (Displeased.) Already? Why should you go?

Oct. The sight of me is disagreeable to her.

Noel. But the sight of you is not disagreeable to everybody.

Oct. What do you mean?

Noel. I mean to say that there are some persons to whom the sight of you is most agreeable —myself, for instance—madame—Mademoiselle Blanche. Ah, there is an angel of a girl for you! They don't praise her up in the papers, in The Virgic, but——

Oct. Yes, I think she will be very beautiful.

Noel. (Aside.) Will be! He must have women that are beautiful already. He has not the slightest idea that our little Blanche loves him.

Oct. She is already very bright.

Noel. And so much instruction! and so gay, when she has no particular trouble! Ah! that is the one if you wanted to console her, who would not say disagreeable things to you. (Octave remains silent, aside.) He does not understand—he can't see anything. Ah! how true it is that love is blind—is blind to everything.

Oct. (Rising.) Noel, I will be in Paris to-morrow.

Noel. To-morrow?

Oct. If M. de Pierreval were ill, or if M. des Aubiers should need me, write me ——

Noel. To console three women that are in despair is a rude task, and now that I will be alone——

Oct. You can count upon me; I was raised in Adrien's house, and although I am not of his family——

Noel. Oh, there are several ways of making one of the family.

Oct. I am so at heart, by choice, and by remembrance.

Noel. (Aside.) How stupid he is!

Oct. Adrien always treated me as a brother, I will be a son to his mother.

Noel. That is all I ask of you.

Oct. Arrange matters so that I can leave to-night. (He exits.)

———

SCENE V.

Noel. (Alone.) Poor fellow, he does what he can—one must be just, he is devoted, and if he had not seen our little Blanche ever since she was a baby, he would have been crazy about her long ago; but she is so pretty! he must look at her. (Seeing Blanche enter, weeping as she sits on the sofa R.) It is she—always in tears—it is most discouraging. (Closes door.)

———

SCENE VI.

NOEL, BLANCHE.

Noel. What are you doing, Blanche? Didn't you promise me to stop crying? (He sits near her.)

Bl. Noël, ç'a été plus fort que moi. Tu sais bien les belles pivoines roses que nous avons plantées il y a deux ans, Adrien et moi ?

Noël. Oui, dans la grande pelouse, là-bas—eh bien ?

Bl. Eh bien ! Noël, elles sont tout en fleurs et si belles, si belles !—oh ! quel malheur !

Noël (troublé). Je ne vois pas de malheur à ça. Allons donc, du courage, morbleu !

Bl. (pleurant). Tu ne vois pas de malheur !— Mais tu ne comprends donc rien ? Mon pauvre frère !—Nous les avions plantées ensemble—ensemble ! et je suis seule à les voir fleurir !

Noël (attendri). Je comprends—je comprends —mais ça n'est pas plus triste qu'autre chose.

Bl. (se levant et passant à gauche. Noël se lève aussi). C'est vrai, mais je les avais oubliées, ces fleurs—je marchais tranquillement dans l'allée des peupliers, où je ne m'étais pas promenée depuis huit jours.—Tout à coup, au tournant de l'allée, j'aperçois dans le gazon une touffe énorme de grosses fleurs toutes roses !— d'un si joli rose !—j'ai reconnu que c'était celles que—alors—je ne m'y attendais pas et cela m'a saisie; j'ai pensé que lui—ne les verrait jamais, jamais !—et cela m'a fait tant de mal que je me suis enfuie pour que maman ne me vit pas pleurer.

Noël (en colère). Oh ! pour le coup, c'est de l'enfantillage !—Vous deviez bien vous attendre à cela. C'est une chose toute simple, et qui arrive tous les jours. On s'amuse à planter un arbuste avec quelqu'un, et quand le printemps vient, la personne avec qui—on l'a planté n'est—plus là—on cueille les fleurs—sans elle—tout le monde connaît cela—il n'y a pas là de quoi pleurer. (Il pleure et se fâche). Voyons, voyons ! soyez donc plus forte, et songez que si vous n'y prenez garde, un nouveau malheur peut bientôt vous frapper. Oui, ma chère Blanche, je vous l'ai dit, votre mère m'inquiète, sa santé ne se rétablit pas. Elle pleure des nuits entières; elle a, au moindre bruit, des palpitations qui la font rougir et pâlir à tous moments. Il ne faut pas nous faire d'illusion; si nous ne nous entendons pas tous pour la distraire, pour lui rendre un peu le désir de vivre, le chagrin la tuera.

Bl. Que faire, Noël ? comment la guérir ?

Noël. Il faut d'abord ne pas sangloter à chaque instant, comme vous faites; il faut lui trouver des occupations—la forcer à sortir.

Bl. C'est ce que j'avais fait, et déjà j'étais bien contente.—Elle est revenue à l'arc itecte—ils ont parlé des travaux, les ouvriers viendront lundi. Je me réjouissais déjà de ce qu'elle avait consenti à tout ce que je lui avais demandé lorsque j'ai aperçu ces malheureuses fleurs, et—

Noël. Encore ! Je ne veux plus qu'on prononce devant moi le nom de ces coquines de fleurs !—Essuyez vite vos yeux et allez rejoindre madame—n courant—cela vous rendra vos couleurs.—Et surtout cachez-lui bien que vous avez tant pleuré !—Tâchez de lui sourire un peu, inventez quelque chose d'agréable—; figurez-vous qu'un bon jeune homme, qui a l'air de ne pas penser à vous, vient tout à coup vous demander en mariage.

Bl. Un bon jeune homme ?

Noël. Je ne parle pas de monsieur Octave.

Bl. (souriant). Monsieur Octave !

Noël. A la bonne heure ! le voilà, ce joli sourire qui était notre joie à tous—Il y a si longtemps

qu'on ne l'avait vu ! Souriez, souriez comme cela à votre mère—; allez, allez, c'est ce qui peut lui faire le plus de bien.—

Bl. Oh ! tu es bon, Noël, tu me rends toujours du courage ! Nous avions toutes perdu la tête.— Tu as été pour nous un sauveur !—si délicat dans tes soins pour ma mère, si ingénieux pour la préparer doucement à ce coup terrible !—Je ne te dis rien, mais je sens bien tout ce que nous te devons. Oui, va, je te connais et je t'aime bien !—Oh ! mais voilà que tu pleures à ton tour, je t'y prends—tu ne pourras plus me gronder !—

Noël (pleurant). C'est qu'aussi vous me dites des choses !— (Se fâchant.) Allons, allons, ne m'attendrissez pas, ne m'enlevez pas mon énergie.

Bl. Comment ! tu ne veux pas que je te dise que je t'aime et que tu es bon ?—Eh bien ! je te dirai que tu es très-spirituel.

Noël. Moi ?

Bl. Et que, malgré ton air niais et tes boucles d'oreilles—

Noël. J'ai l'air niais ?

Bl. Un peu.

Noël. Ah !—Eh bien ! malgré mon air niais et mes boucles d'oreilles, qu'est-ce que je sais faire ?

Bl. Tu sais deviner des choses mystérieuses que personne ne devine—Tu lis dans la pensée, toi !

Noël (souriant). Hein ! qu'est-ce que cela signifie ? Expliquez-vous.

Bl. Non, non, je ne veux rien—, je ne veux rien dire de plus; je veux seulement te prouver que je te connais, que j'apprécie tout ce que tu fais pour nous et que je t'aime bien.

Noël. Mais enfin, il faut—

Bl. Assez, assez !—Maman m'attend pour aller à l'église. Adieu ! (Revenant à la gauche de Noël, et tout bas.) Tu n'en as parlé à personne, Noël, n'est-ce pas ?

Noël (avec malice). De quoi donc ?

Bl. De tes découvertes.

Noël. Non—

Bl. Oh ! je t'en prie, sois discret—! Si maman se doutait—, elle serait encore plus triste—Et puis, moi, Noël, j'ai ma dignité !—

Noël. Et puis, enfin, ce n'est peut-être pas vrai.

Bl. (vivement). Oh ! que si.

Noël (de même). Ah !—vous avouez donc ?

Bl. Rien—, rien—Adieu, Noël, adieu ! (Elle sort et la porte se referme.)

SCÈNE VII.

Noel (seul).

La charmante fille ! Voilà une femme dans mon genre ! C'est comme cela qu'elles me plaisent, les femmes ! (Il va ouvrir la fenêtre.) Je n'aime pas ces grands caractères à grands sentiments, ça me fait peur. (Il range la table contre la cheminée.) Leur fameuse Mathilde qu'ils aiment tous—moi, elle m'effaroucherait. Ils appellent ça une femme de génie. Eh bien ! qu'est-ce que ça me fait, à moi, une femme de génie ! Je n'en fais aucun cas, je le dis har-

Bl. I could not help it, Noel. You know the beautiful pink poppy that Adrien and I planted two years ago?

Noel. Yes, down there on the large lawn. Well?

Bl. Well! Noel they are all in bloom, and they are so beautiful, so beautiful. Oh! what a misfortune.

Noel. (Sadly.) I don't see the misfortune in that. Come, come, courage.

Bl. (Crying.) You don't see the misfortune in that; but can't y u understand anything? My poor brother! We planted them together, together; and I am alone to see them bloom!

Noel. (With emotion.) I understand—I understand; but there are things that are sadder than that.

Bl. (Rises and crosses L, Noel rises also.) That's true, but I had forgotten the flowers. I was walking quietly in the avenue of poplar trees. I have not been there for e ght days. All at once, at a turn of the path, I saw this enormous mass of pink flowers in the grass. Such a pretty pink. Then I remembered that it was those that—then—I didn't expect to see them. I was taken by surprise; and when I thought that he would never see them, never, it made me feel so badly that I ran away so that mamma might not see me cry.

Noel. (Angrily.) Oh! this is too much; it is mere childishness; you should have expected it. Its very simple, a thing that happens every day. You amuse yourself planting a bush, and when the spring time comes the person with whom you planted it is no longer there; you gather the flowers without them. Everybody knows that, there is nothing to cry about. (Tears stream down his cheeks, he gets angry.) Come, come, be stronger than that, and remember that if you don't take care another misfortune will overtake you. Yes, my dear Blanche, I have said it. I am very uneasy about your mother; her health is not of the best; she cries the whole night. At the slightest noise she has palpitation, which makes her flush and grow pale at every moment. We must not make ourselves any illusion. If we don't put all our minds together to try and divert her from her grief, to make her desire to live, this grief will kill her.

Bl. But what is to be done, Noel? How are we to effect a cure?

Noel. First and foremost, you must not sob every minute, as you are doing. You must find some occupation for her—force her to go out.

Bl. That's what I was trying to do, and I was already quite happy. She is with the architect; they are talking over the work, and the workmen will be here Monday. I was just rejoicing that she had consented to everything I asked her, when I saw those unfortunate flowers, and—

Noel. Again! I won't have the name of those rascally flowers spoken where I am. Now wipe your eyes quick, and go and join your mother. Run; that will bring back your color. And above all, don't let her see that you have been crying. Try to smile a little; invent something pleasant. Just imagine that a charming young fellow, who never seems to think of you at all, all at once comes to ask your hand in marriage.

Bl. A charming young man?

Noel. I am not speaking of M. Octave.

Bl. (Smiling.) M. Octave!

Noel. Ah! there is that pretty smile that was

always our joy—it has been so long since we have seen it. Smile, smile that way to your mother; go, go, that will do her good.

Bl. Oh! how good you are, Noel; you always give me courage. We have all lost our heads, and you are here to save us. So delicate in your care for mamma, so ingenious in preparing her by degrees for this terrible catastrophe. I don't say anything, but I feel all that we owe you. Yes, indeed, I know you, and I love you dearly! Oh! t..ere you are crying yourself; I catch you at it. You can't scold me any more.

Noel. (Weeping.) It is because you tell me those kind of things. (Getting angry.) Come, come, don't make me give way like that; you take my courage away, my energy.

Bl. What! You don't wish me to tell you that I love you and that you are good? Well! I will tell you that you are very witty.

Noel. I?

Bl. And that, notwithstanding your stupid look, and your ear-rings—

Noel. I look stupid?

Bl. A little.

Noel. Ah! well, notwithstanding my stupid look and my ear-rings, what do I know how to do?

Bl. You know how to guess mysterious things that no one else guesses—you read one's thoughts.

Noel. (Smiling.) Hey? What does that mean? Explain yourself.

Bl. No, no; I don't want to say anything—I don't want to say anything at all. I only want to prove to you that I know you, and that I appreciate you, all that you do for us, and that I love you.

Noel. But finally, you must—

Bl. Enough, enough; mamma is waiting for me to go to church; good-bye. (Returning to Noel and whispering.) You have not been talking to anybody, have you, Noel?

Noel. With whom?

Bl. Of your discovery.

Noel. No—

Bl. Oh! I beg of you to be discreet. If mamma suspected she would be still more gloomy; and then, Noel, my dignity!

Noel. And then, perhaps it is not true?

Bl. Oh, yes it is.

Noel. (Quickly.) Ah! you acknowledge?

Bl. Nothing, nothing; good-bye Noel. (She exits, shuts the door.)

SCENE VII.

NOEL.

Noel. (Alone.) The charming girl! That's a woman after my own heart! That's the kind of woman I like. (Opens the window.) I don't like these great characters with great sentiments; they frighten me. (Arranges the table and mantelpiece.) The famous Mathilde that they like so much—for my part she unnerves me. They call that a woman of genius. Well, what is that to me; a woman of genius I don't value that, I say it boldly. (Places an armchair

diment. (Il place un fauteuil sur l'avant-scène, à droite.) Si je lui pardonne son génie, à celle-là, c'est qu'il lui a fait faire un beau portrait de notre cher enfant ; quoiqu'elle lui ait donné un air sombre et sévère qu'il n'avait—, qu'il n'a pas; car ils ont beau le pleurer—moi, je ne peux pas encore m'imaginer qu'il soit mort. Quand on me donne tous les détails de sa fin si horrible, qu'on me montre ses habits troués de balles, les lettres qu'on a trouvées sur lui, son portefeuille, ses papiers qui sont là. (Il indique la porte à gauche.) Eh bien ! je dis encore que cela ne prouve rien. (Il secoue les coussins de la chaise longue.) Le rapport du capitaine constate que ces habits recouvraient le corps d'un jeune homme mort depuis plusieurs jours, et dont les traits étaient méconnaissables. Donc, ce n'était pas lui ! Ne peut-il pas avoir prêté ses habits à un camarade, à un compagnon ? Peut-être qu'il est chez les sauv..ges, en danger, en grand danger— ; mais mort, non, cela ne se peut pas. Cela lui ressemble si peu de mourir!—de mourir jeune—, lui à qui la mort s'est offerte déjà tant de fois—, lui qui l'a toujours si adroitement évitée ! Quand je me rappelle tous les dangers dont il a été sauvé par miracle, non, je ne peux pas me décider à croire que Dieu l'ait tout à coup abandonné. Un jour,—il avait cinq ans,— nous jouions ensemble, je courais après lui, dans le feu de la course, il perd la tête, s'approche de la fenêtre, saute par-dessus la balustrade et disparaît. Un second étage ! Je pousse un cri, je m'élance vers la fenêtre, je regarde sur le pavé—je croyais le voir là étendu sans vie—pas du tout ! mon gaillard était accroché par sa blouse à une jalousie du premier étage ; il avait passé ses petits pieds dans les bâtons, et, se tenant par les mains, il regardait gaiement en l'air et m'attendait au passage. "Tu ne m'attraperas pas, s'écriait-il, tu ne m'attraperas pas!" Ah! malheureux, quelle frayeur! J'en ai été malade dix semaines—lui n'en a fait que rire. Et le jour où il est tombé dans la rivière, juste dans le met du père Giraud, qui l'a bien vite repêché avec deux truites ! Et quand—ah ! bah ! je n'en finirais pas—c'était toujours comme ça—des miracles qui prouvaient bien que le bon Dieu avait besoin de lui pour plus tard. Et l'on voudrait me faire ac. roire que des méchants sauvages, que des gens de rien, des hommes tout nus, auraient osé porter la main sur cet enfant béni ! Non—ça ne se peut pas! aussi, moi, je l'attends ! Je le verrais entrer là, tout à coup, que je n'en serais pas même saisi—cela ne me ferait rien du tout. Il me semble à tous moments qu'il va m'apparaître—il me semble que je vais entendre sa voix, la porte du fond s'ouvre, un jeune homme paraît, il s'arrête et écoute), sa bonne et belle voix, forte et sonore, et qu'il va me crier comme autrefois, quand il revenait de ses excursions savantes sur les côtes : "Me voilà! Me voilà! mon vieux Noël, je n'ai rien mangé depuis vingt-quatre heures, vite une omelette!"

SCÈNE VIII.

NOEL, ADRIEN.

Adrien. Me voilà! mon vieux Noël, je n'ai rien mangé depuis vingt-quatre heures, vite une

omelette! (Il pose sa casquette sur le canapé, à droite, puis descend en scène.)

Noel. (pétrifié en voyant Adrien.) Ah !

Adrien. Qu'as-tu donc ?—tu es tout tremblant. Tu ne m'attendais donc pas ? Je t'annonçais. (Voyant chanceler Noël et le recevant dans ses bras.) Eh bien ! Noël—Noël—reviens à toi. (Noël le regardant et cherchant à le reconnaître, il lui dit.) C'est bien moi !

Noel (après avoir sangloté). Oh ! mon enfant, que je suis heureux ! (Il l'embrasse.)

Adrien. Mais, Noël, ce saisissement—je ne comprends pas. Mes deux lettres—tu ne les as donc pas reçues ?

Noel. Rien—je n'ai rien reçu.

Adrien. Ma lettre a dû arriver hier.

Noel. Hier ! Depuis qu'on n'attend plus rien de toi, on n'envoie plus chercher les lettres à la v lle.

Adrien. Mais vos autres lettres ?

Noel. Oh ! celles-là elles viennent quand elles veulent.

Adrien. Et ma mère ?—

Noel. Elle vous croit toujours mort.

Adrien. Mort !

Noel. Ah ! la malheureuse, quel coup de foudre ! Oh ! Seigneur !—

Adrien. Ainsi, elle n'est donc pas préparée à mon retour ?

Noel. Est-ce que j'y étais préparé, moi ?— Mais, j'y pense, quelqu'un t'a peut-être vu entrer ici ?—N'as-tu pas rencontré quelqu'un ?

Adrien. Personne—J'étais même inquiet de ce que vous ne veniez pas tous à ma rencontre.

Noel. A sa rencontre ! Il est amusant ! Mais cette émotion est trop—un autre à ma place en serait tout éperdu. Heureusement que j'ai de la tête ! Voyons, soyons, prudent—ces pauvres femmes, elles en mourraient—il faut les amener, petit à petit, à cette idée—si douce ! mais trop douce. Ah ! c'est que, vois-tu, elles n'ont pas mon énergie—elles ne pourraient supporter—comme moi—

Adrien (lui prenant les mains.) Mon brave Noël, tu trembles pour ma mère—elle est donc bien malade, que le bonheur de me revoir te paraît si dangereux pour elle ?

Noel. Très-malade. Oh ! je ne suis plus inquiet—c'était le chagrin—le bonheur va la guérir; mais, pour cela, il ne faut pas qu'il la tue du premier coup. Le premier moment sera terrible ! Je ne sais—je cherche. Me voilà aussi tourmenté que le jour où je lui ai appris votre mort. Elle est restée trois heures sans connaissance—et pourtant je l'avais amenée tout doucement—

Adrien. Pauvre mère ! Oh ! qu'il me tarde de l'embrasser !

Noel. Tais-toi donc ! tu me fais peur.

Adrien. Tu crois que la joie ?—

Noel. Je crois qu'à votre vue elle tomberait morte—voilà ce que je crois. Il faut absolument que votre sœur.—

Adrien. Oui, Blanche nous aidera. Qu'il y a longtemps que je ne l'ai vue ! comme elle doit être jolie à présent !

Noel. Elle était jolie, elle l'est encore; mais depuis votre mort elle pleure tant !—

Adrien. Chère petite sœur ! Et mademoiselle de Pierreval?

Noel. Elle est ici !

Adrien. Mathilde est ici !

down front, R.) If I forgive her for her genius, it is because that genius made her paint a handsome portrait of our dear child; although she gave him a gloomy, severe expression that he never had—that he has not, because they may weep for him, but I cannot yet make up my mind that he is dead. When they give me all the details of his horrible death, and they show me his clothes pierced by bullets, and the letter found on him, his pocketbook, his papers, which are there (points to door, L.) Well I still say that does not prove anything. (S akes the cushion on the lounge.) The captain's report states that these clothes were found upon the body of a young man who had been dead for several days, and whose features were unrecognizable. So, it was not him! Might h · not have loaned his clothes to a comrade friend? Perhaps he is still among the savages, in danger, in great danger; but dead, no, that's impossible! It is not like him to die so young—he who has been near death so often, and he always avoided it so dexterously! When I remember all the dangers from which he has been saved by a miracle, no, I can't make up my mind to believe that God abandoned him all of a su lden. One day, he was five years old, we were playing together. I was running after him; in the heat of the race he became excited! went to the window, jumped over the balustrade and disappeared. It was from the second story! I gave a scream, rushed to the window, looked out on the pavement—I expected to see him stretched out lifeless. Not a bit of it; there he was hanging by the blouse from a shutter on the first floor; he had stuck his little feet in the slats, and hanging on by his hands, he was looking up and laughing, awaiting for me to follow him. "You won't catch me," cried he, "you won't catch me." Ah! you dreadful boy, what a fright! I was sick ten weeks from that—and he did nothing but laugh. And the day when he fell into the river, just in Father Geraud's net, who fished him up with two beautiful trout! And when—ah! bah! I should never get through—that was always the way, miracles which prove very well that God had need of him in the future. And they will make me believe that horrible savages, good-for-nothing creatures, naked men, would have dared lay their hands on that child who was blessed by heaven? No, it is impossible! and so I am waiting for him! I might see him come in at this very moment, and I would not be even surprised; it would not produce any effect at all. It seems to me every minute that he is going to appear—it seems to me that I am going to hear his voice. (Door opens at back, a young man appears, stops and listens.) His beautiful rich voice, so strong and so musical, call out as he used to when he returned from his learned excursions on the coast; "Here I am! here I am, my old Noel, and I have eaten nothing for twenty-four hours, quick, an omelette!"

SCENE VIII.

NOEL, ADRIEN.

Adr. Here I am! my old Noel, and I have eaten nothing for twenty-four hours, quick, an

omelette! (Lays his cap on the sofa, R., comes down stage.)

Noel. (Petrified, looking at Adrien.) Ah!

Adr. What is the matter—you are trembling. You didn't expect me? I was announced. My —(Seeing Noel swaying, he catches him in his arms). Well! Noel! Noel! come to yourself. (Noel looks at him and tries to recognize him.) Well, it is I.

Noel. (Sobbing.) Oh! My child, how happy I am. (Embraces him.)

Adr. But, Noel, this surprise; I don't understand it. My two letters—you have not received them?

Noel. Nothing—I received nothing.

Adr. My letter should have arrived yesterday.

Noel. Yesterday; Since they don't expect letters from you any more, they no longer send for the mail.

Adr. But your other letters?

Noel. Oh! the others; they come when they like.

Adr. And my mother?

Noel. She believes you dead.

Adr. Dead!

Noel. Ah! the unhappy woman, what a thunderbolt! Oh! heavens!

Adr. So, she is not prepared for my return?

Noel. Was I prepared? But, now I think of it, if any one has seen you come in here? Did you not meet anybody?

Adr. No one. I was even uneasy because you did not come to meet me.

Noel. To meet him! he is amusing! but this is too much emotion—any one else in my place would be entirely out of their senses. Fortunately my head is level! Come, let us be prudent. These poor women—it would kill them; we must bring this about little by little, this delightful surprise, but too delightful. Ah! you see they are not as strong as I am; they could not support—like me.

Adr. (Taking both his hands.) My good Noel you fear for my mother; then she must be very sick, if the happiness of seeing you again seems so dangerous for her.

Noel. Very ill, oh! I am no longer anxious; it was grief—happiness is going to make her well; but in order for that to be, we must not kill her at the first blow. Oh! the first moment would be terrible! I do not know, I am trying to think—here I am just as worried as I was the day I told her of your death. She was three hours without consciousness, and, however, I brought it around very easy—

Adr. Poor mother.—Oh! how I long to embrace her—

Noel. Hush! you frighten me.

Adr. You think the joy?—

Noel. I think that she would fall dead at the sight of you—that's what I think. It is absolutely necessary that your sister—

Adr. Yes, Blanche will help us; how long it has been since I see her. How pretty she must be now.

Noel. She was pretty, she is still pretty; but since your death she has cried so much.

Adr. Dear little sister; and M. de Pierretel?

Noel. She is here.

Adr. Mathilde is here?

Noel. Depuis votre mort elle n'a pas quitté la famille.

Adrien. Oh ! Noël, que je suis heureux ! (Il lui saute au cou et l'embrasse.) Elle m'aime donc toujours ?

Noël. Elle fait votre portrait et elle pleure ! va-t-elle être contente ! Oh ! oui—mais il ne faut pas l'épouvanter non plus, celle-là, c'est un autre genre, elle deviendrait folle. Oh ! mon Dieu, mon Dieu ! qu'est-ce que je vais faire de mes femmes ?—comment leur apprendre ? comment les avertir ?—je n'y perds, je n'y suis plus —je.

Adrien. C'était pour éviter tout ce trouble, que je t'avais écrit; en arrivant au Havre, j'ai su que la nouvelle de ma mort était répandue dans le pays, et c'est toi que je chargeais de dire à ma mère.

Noel (écoutant.) Chut !

Adrien. Quel malheur que tu n'aies pas reçu cette lettre !

Noel. Silence donc ! c'est elle !

Adrien. Qui ?

Noel. Madame !

Adrien. Ma mère !

Noel. C'est son pas fatigué et languissant—elle s'arrête à moitié de l'escalier—c'est elle !—où le cacher ?

Adrien. Dans ma chambre. (Il court vers la petite porte à gauche.)

Noel. Madame a la clé—on n'entre plus dans cette chambre !

Adrien. Sur le balcon.

Noel. Dehors !—on vous verrait. Le verrou—le verrou—non—cela l'inquiéterait, elle insisterait pour entrer—ah ! barricadons la porte—vite, vite, aide-moi,

(Il tire le canapé de droite et le place devant la porte, aidé d'Adrien, il met ensuite un fauteuil devant le canapé.)

---

porte et tombe assis sur le canapé). Ouf ! je suis en nage !

Adrien (regardant par la fenêtre). Noël, je la vois ! je la vois ! Oh ! comme elle est pâle ! —comme elle est changée, ma pauvre mère ! (Il pleure.)

Noel (allant à Adrien et l'entraînant loin de la fenêtre). Et moi aussi, je suis bien changé—mes pauvres cheveux sont presque tout gris.

Adrien. Quelle douleur ! comme elle m'aime, ma mère ! Et ne pouvoir la tenir dans mes bras ! l'embrasser. (Il lui tend les bras de loin.)

Noel (qui s'est mis devant Adrien, se jetant dans ses bras). Embrassez-moi toujours, ça vous soulagera. (Adrien l'embrasse avec passion.) Tant que vous n'aurez rien de mieux à embrasser, tâchez de vous faire illusion. (Il passe à gauche, et Adrien se rapproche de la fenêtre.) Grâce au ciel, le danger est passé ! (Arrachant Adrien de la fenêtre.) Mais cachez-vous donc !—si elle se retournait.

Adrien. Cela me fait tant de bien de la suivre des yeux ! Noël, tu vas dire que je suis un monstre, mais cela me fait plaisir de me voir pleurer comme ça !

Noel. Vous n'êtes pas dégoûté ! Mais il ne s'agit pas d'être heureux, il faut nous entendre—nous avons une heure devant nous. Mais non ! qu'est-ce qui vient là ?—vite le verrou. (On frappe à la porte.)

Bl. (au dehors). Noël !

Noel (bas à Adrien). C'est votre sœur !

Adr. Blanche !

Bl. Noël !

Noel. Ah ! bah ! à cet âge-là, on a de la force pour le bonheur. Laissez-moi seulement la prévenir—cachez-vous derrière le rideau. (Il indique la fenêtre.)

Bl. Ouvre donc !

Noel. Voilà ! voilà !

SCÈNE IX.

NOEL (à genoux sur le canapé), MADAME DES AUBIERS (derrière la porte), ADRIEN (caché par le vantail de droite de la porte.)

Mad. des Aub. (essayant d'ouvrir la porte). Noël !

Noel (bas à Adrien). Laissons-la appeler.

Adr. Oh ! ma mère !

Mad. des Aub. (entr'ouvrant la porte). Noël !

Noel. Ah ! pardon, madame, je croyais que tout le monde était à l'église, et je profitais de ça pour faire le salon à fond—il en a bon besoin. Madame veut-elle que je dérange le canapé pour ?

Mad. des Aub. Non, je venais seulement chercher mon livre de messe, il doit être là sur la cheminée, donne-le-moi, Noël.

Noel. Oui, madame. (Tout en maintenant le canapé contre la porte, il fait signe à Adrien qui va prendre sur la cheminée le livre de sa mère, et le couvre de baisers; au lieu de le remettre à Noël qui l'attend, Adrien tout tremblant, le passe à sa mère derrière la porte.) Est-ce celui-là, madame ?

Mad. des Aub. Oui, merci ! (Elle se retire.)

Noel. (s'assure qu'elle est partie, ferme la

SCÈNE X.

BLANCHE, NOEL, ADRIEN (caché).

Noel (Il retire le canapé, pousse le verrou). Ah ! c'est vous, mademoiselle. (Il époussette les meubles en fredonnant.)

Bl. Pourquoi donc t'enfermes-tu, Noël ?

Noel. Pourquoi !—c'est—c'est pour empêcher la poussière de sortir.

Bl. La poussière.

Noel (à part). Qu'est-ce que je dis donc ?

Bl. (allant prendre son ouvrage sur la table à gauche). Maman est allée à la messe avec Mathilde. Elles n'ont pas voulu m'emmener—j'y suis allée ce matin déjà. Je croyais que maman serait trop souffrante et qu'elle ne pourrait pas sortir aujourd'hui. Oh ! Noël, tu as raison, je la regardais tout à l'heure. elle est bien atteinte, ce chagrin l'a brisée. (Elle traverse le théâtre pour aller à la cheminée chercher ses ciseaux.)

Noel (a repris son plumeau et époussette les meubles). Le chagrin—oui—effectivement le chagrin. (Il fredonne.) Peuh ! peuh !

Bl. (s'arrêtant). Mais qu'as-tu donc ?

Noel. Moi ?—rien—rien—Peuh ! peuh !

Noel. She has not left the family since your death.

Adr. Oh! Noel, how happy I am! (Embraces him.) She still loves me, then?

Noel. She draws on your portrait and weeps. How happy she is going to be. Oh! yes; but we must not frighten her either; that one is another style of woman, she would go crazy. Oh! my God! my God! what am I going to do with my women? How to tell them? How to warn them?—I am entirely at sea, I am——

Adr. It was to save you all this trouble that I wrote you; on my arrival at Havre I heard that the news of my death had spread through the country, and I commissioned you to tell my mother.

Noel. (Listening.) S-sh!

Adr. How unfortunate that you should not have received the letter.

Noel. Silence! it is she.

Adr. Who?

Noel. Madame.

Adr. My mother?

Noel. It is her languid step—she stops half way up the stairs—it is she! Where shall I hide him?

Adr. In my own room. (Runs to door L.)

Noel. Madame has the key; no one is allowed to enter that room.

Adr. On the balcony.

Noel. Outside! they will see you. The bolt—the bolt—no—that would make her uneasy; she would insist upon entering. Ah! let us barricade the door—quick, quick, help me. (He draws the sofa on R. and places it before the door, then puts an armchair before the sofa; Adrien assists him.)

SCENE IX.

(Noel kneeling on the sofa, Madame des Aubiers behind the door, Adrien hidden behind the folding door R.)

Mad. des Aub. (Trying to open the door.) Noel, Noel!

Noel. (Aside to Adrien.) Let her call.

Adr. Oh! my mother!

Mad. des Aub. (Partly opening the door, continues speech.) Noel!

Noel. Ah! pardon, madame; I thought everybody was at church, and I took advantage of that to clean the parlor throughly—it needs it so much. Would you like me to take the sofa away?

Mad. des Aub. No; I only came to get my prayer-book; it must be on the mantel; give it to me, Noel.

Noel. Yes, madame. (Keeps hold of the sofa against the door; makes signs to Adrien to go and get the book on the mantel. Adrien covers the book with kisses instead of giving it to Noel, then hands it with a trembling hand through the crack of the door to his mother.) Is that it, madame?

Mad. des Aub. Yes; thank you. (She retires.)

Noel. (Looks out to see if she has gone, then sinks down on the sofa.) O-oh! I am in a dripping perspiration.

Adr. (Looking out of the window.) Noel, I see her, I see her! Oh! how pale she looks—how she is changed—my poor mother! (He weeps.)

Noel. (Going to Adrien and dragging him away from the window.) And so am I changed—my poor hair is almost all white.

Adr. What grief! How my mother loves me! and not to be able to fold her in my arms! to kiss her. (Holds his arms out towards her.)

Noel. (Getting before Adrien, throws himself in his arms.) Kiss me, then, that will relieve you. (Adrien embraces him.) Until you have something better to kiss, try to imagine me some one else. (Crosses L., Adrien goes to the window.) Heaven be praised the danger is passed! (Dragging Adrien away from the window.) Will you hide yourself?—if she were to turn round.

Adr. It does me so much good to watch her. Noel, you are going to say that I am a monster; but it is delightful to me to see you weep this way!

Noel. You are not disgusted? But it is not a question of being happy; we must come to an understanding about it; we have an hour before us. No! who is coming there? Quick! the bolt. (Some one knocks at the door.)

Bl. (Outside.) Noel! (Noel, aside to Adrien.) It is your sister!

Adr. Blanche?

Bl. Noel!

Noel. Ah! Bah! at her age one has strength enough to bear happiness. Only allow me to give her warning—hide behind the curtain.

Bl. Open, why don't you?

Noel. Here, here!

SCENE X.

BLANCHE, NOEL, ADRIEN (hidden).

Noel. (Draws the sofa away, unbolts the door.) Ah! it is you, mademoiselle! (Dusts the furniture, humming a tune.)

Bl. What do you lock yourself up for, Noel?

Noel. Because! It was—it was to keep the dust from getting out.

Bl. The dust?

Noel. (Aside.) What am I saying?

Bl. (Taking her work from a table L.) Mamma has gone to mass with Mathilde. They did not want me—I have been once already this morning. I thought mamma wouldn't be well enough to go out to-day. Oh! Noel, you were right, I was looking at her just now, grief has broken her down. (She crosses stage, goes to the mantel after her scissors.)

Noel. (Dusting furniture.) Grief—yes—grief does. (He begins humming.) Puh! puh!

Bl. (Stopping.) What's the matter with you?

Noel. I? Nothing—nothing—puh! puh!

Bl. (se retournant). Je te parle de mes inquié-
tudes et tu ne m'é outes pas.

Noel. Si fait, mademoiselle, si fait. Peuh!
peuh!

Bl. En vérité, je crois qu'il chante! Toi.
Noël, tu chantes! Mais qu'est-ce qu'il y a donc?
(S'approchant de Noël.) Noël, tu as l'air tout
jeune! Ce n'est pas naturel. Il est arrivé quelque chose. Mais qu'as-tu donc, Noël?

Noel. Je suis bouleversé, n'est-ce pas? · J'ai
la figure à l'envers? Je vous parais tout drôle
cela doit être. C'est que je viens d'éprouver une
émotion, une impression, une commotion vio-
lente, et j'ai un peu de peine à me remettre.

Bl. Une émotion heureuse, car tu est tout
content et tu chantes!

Noel. Oui, mademoiselle.

Bl. Heureuse pour toi?

Noel. Pour moi et pour vous.

Bl. C'est vrai, c'est la même chose, tu n'as pas
d'enfant.

Noel. Je suis mon seul enfant, le fils de mes
œuvres.

Bl. Alors, c'est un bonheur qui nous arrive?

Noel. Oui—oui—un bonheur.

Bl. Lequel?

Noel. Devinez—cherchez.

Bl. Je n'ai pas besoin de chercher—mon
frère?

Noel. C'est ça, vous y êtes.

Bl. On a de ses nouvelles?

Noel. Allez! allez!

Bl. Il n'est pas mort? On s'etait trompé? Il
est arrivé au Havre?

Noel. Vous le savez donc?

Bl. Non, je l'ai rêvé.

Noel. Mademoiselle Blanche, vous avez du
courage de l'énergie, du sang-froid.

Bl. Tu peux tout me dire. Tu le vois, Dieu
m'avait préparée à cette joie!

Noel. Alors—si Dieu vous a préparée, je n'ai
plus rien à faire—mais vous ne vous évanouirez
pas?

Bl. Moi! Il est ici?

Noel. Il est ici.

Bl. Nous allons le revoir?

Noel. Vous allez le revoir.

El. (tombant à deux genoux). O ma mère!

Adr. (sortant de derrière le rideau, à part).
Pauvre petite sœur!

Bl. (regardant autour d'elle). Mais, s'il est ici,
où donc est-il?

Adr. (descendu à droite). Blanche!

Bl. (toujours à genoux, lui tendant les bras).
Adrien!—viens, viens, je n'ai pas peur.

Adr. (Il court à elle et la relève dans ses bras).
Ma sœur, ma chère Blanche! quel bonheur!
(Il la fait passer à sa gauche.)

Bl. Oh! maman, maman, quelle joie! Un
mois plus tard, Adrien, tu ne l'aurais plus retrou-
vée. Et Mathilde! comme elle va reprendre
courage! Tu nous rends la vie à toutes les
trois. Oh! que Dieu est bon! Mais regarde-
moi. C'est bien lui! Noël! Adrien! Ah! Ils
t'avaient donc tué ces vilains sauvages?

Adr. Pas tout à fait. J'avais trois balles
dans le corps, j'étais sans connaissance—ils
m'ont pris mes habits et ils m'ont laissé là. J'ai
été sauvé par miracle.

Noel. Qu'est-ce que je disais?—un miracle!

Adr. Une femme du pays m'a recueilli chez
elle, j'ai été deux mois à me rétablir.

Bl. Pauvre frère!

Adr. Elle me soignait à sa façon: pour tout
traitement des paroles magiques. Ça été long!

Bl. Et ton uniforme qu'on nous a renvoyé?

Adr. On l'a retrouvé sur mon voleur qui,
dans une mêlée où nous avons perdu plusieurs
des nôtres, a été tué.

Noel. C'est bien fait!

Bl. On l'a pris pour toi?

Noel. Il était méconnaissable?

Adrien. Il était mort depuis quinze jours!
Et comme il avait mon uniforme.

Noel. Comme on a trouvé sur lui votre passe-
port.

Bl. Les lettres de ma mère.

Noel. (à Adrien). La montre à votre chiffre.

Adrien. On cru que c'était moi.

Noel. C'est ça! Permettez donc. Je décou-
vre une chose. (Il passe entre eux.)

Bl. Quoi donc?

Noel. C'est que, depuis trois mois, c'est son
voleur que nous pleurons! Nous pleurons son
voleur.

Bl. (riant). Son voleur!

Adrien. C'est vrai—c'est nouveau!

Noel. C'est drôle—je trouve cela drôle. (Ils
rient aux éclats.)

Bl. (les interrompant avec tristesse et allant
à son frère). Ah! c'est mal! Nous rions—et
maman qui pleure encore!

Adrien. Ne pensons qu'à elle. Je vous con-
terai mes aventures quand elle sera là.

Noel. Il faut absolument le cacher. Il ne peut
pas rester dans ce salon.

Bl. (tendrement à Adrien.) C'est le tien. On
y était mieux pour penser à toi.

Noel. Il nous faudrait la clé de cette chambre.

Bl. Maman l'a chez elle. Non—non, je me
rappelle, hier elle l'a mise là-dedans. (Elle va à
la table à gauche et cherche dans un pupitre.)
La voilà, nous sommes sauvés! (Elle ouvre la
porte de la chambre. A Adrien.) Vite, en prison,
et ne bougez pas, monsieur. Vous resterez là
jusqu'à ce soir, sans boire ni manger! (Venant
à Adrien.) Ah! je parie que tu as faim?

Adrien. Non, je suis trop ému.

Bl. Tu vas déjeuner, cela t'occupera.

Adrien. Dans une maison où il n'y a que des
femmes, il n'y a jamais rien à manger.

Bl. Mais nous ne sommes pas seules.

Adrien. Comment?

Bl. Nous avons ici un ami.

Adrien (vivement). Octave! Il est avec
vous?

Bl. Il ne nous quitte pas.

Adrien. Pourquoi donc rougis-tu?

Bl. Je ne rougis pas.

Adrien. Tu as rougi. Octave est amoureux
de toi!

Bl. Non. Viens.

Noel (bas à Adrien). Ne la taquinez pas, je
vous ferai ses confidences.

Adrien (à Noël). Ah! J'arrive à temps pour
les bénir.

Bl. (à Adrien). Dépêche-toi, maman va ren-
trer!

Noel (regardant par la fenêtre). Non, personne encore dans l'avenue.

Adrien (à la porte de la chambre). Ah! ma
chambre d'écolier!—quelle symétrie! Mes li-
vres, mes cartes, mes herbiers, chaque chose est
à sa place. Je ne m'y reconnais plus. Voyez-
vous, ce vieux grondeur, comme il a bien vite

Bl. (Turning around.) I was speaking to you of my anxiety, and you are not listening to me.

Noel. Yes, yes I am. Puh!—puh!

Bl. I do believe he is singing! Noel you, you singing, why what is the matter (going to Noel). Noel, you look young! That's not natural. Something has happened. What's the matter with you, Noel?

Noel. I am all upset, am I not? My face is wrong side out, I appear queer to you, it's very natural to you. I have just had such an emotion, such impressions, such a violent start, that I can scarcely get over it.

Bl. But it was happiness, because you are happy, and you are singing!

Noel. Yes, mademoiselle!

Bl. Happy for you?

Noel. For me and for you.

Bl. True, it is the same thing, you have no children!

Noel. I am, my only child.

Bl. Then it's a happiness that comes to us?

Noel. Yes—yes—the happiness.

Bl. What?

Noel. Guess—seek.

Bl. I don't need to seek very far—my brother?

Noel. That's it.

Bl. You have news of him?

Noel. Go on! go on!

Bl. He is not dead? It was a mistake? He has arrived in Havre?

Noel. You know it?

Bl. No, I dreamt it.

Noel. Mademoiselle Blanche, have you energy and courage, calm?

Bl. You can tell me all. You see, Heaven had prepared me for this joy.

Noel. Then—if Heaven has prepared you, I will have nothing more to do—but you will not faint?

Bl. I? He is here?

Noel. He is here.

Bl. We are going to see him again?

Noel. You are going to see him again.

Bl. (Falling on her knees.) Oh! my mother!

Adr. (Coming from behind the curtain.) (Aside.) Poor little sister!

Bl. (Looking all round.) But if he is here, where is he?

Adr. (Down R.) Blanche!

Bl. (Speaks, still on her knees, extending her hands.) Adrien, come, come, I am not afraid.

Adr. (Rushes to her, picks her up in his arms.) My sister, my dear Blanche, what happiness! (Passes her to over L.)

Bl. Oh! mamma, mamma, what joy! A month later, Adrien, you would not have found her. And Mathilde, she will regain her courage! You bring us back to life, the whole three of us! Oh! how good Heaven is! But look at me. It is he! Noel! Adrien! Ah! and those horrid savages had killed you.

Adr. Not quite. I had three bullets in my body. I was unconscious—they took my clothes and left me. I was saved by a miracle.

Noel. What did you say— a miracle?

Adr. A woman of that country took me to her home, and I was two months getting well.

Bl. Poor brother.

Adr. She took care of me in her own way; her whole treatment was by magic words. It was long!

Bl. And your uniform, which they sent us?

Adr. Found upon the thief who robbed me; he was killed in an encounter where we lost several men.

Noel. That served him right.

Bl. They took him for you?

Noel. He was past recognition.

Adr. He had been dead fifteen days. And as he wore my uniform—

Noel. As they found your passport on him.

Bl. And mamma's letters.

Noel. (To Adrien.) And your watch with your monogram.

Adr. They thought it was me.

Noel. That's it! Allow me. I have discovered something. (Goes between them.)

Bl. What?

Noel. That for three months we have been mourning for the man who robbed you.

Bl. (Laughing.) The man who robbed you!

Adr. True— that's a novelty!

Noel. It's funny. I think that's funny. (All laugh out loud.)

Bl. (Stopping and going to her brother sadly.) Ah! that's wrong, we are laughing— and mamma is still weeping! Let us think only of her.

Adr. I will relate you my adventures when she is here.

Noel. But we must hide him. He can't stay in this parlor.

Bl. (Tenderly to Adrien.) It is your parlor we thought we would be happier here.

Noel. We must have the key of that room.

Bl. Mamma has it in her room. No— no, I remember, yesterday she put it in here. (Goes to the table L., looks in the desk.) Here it is, we are saved! (She opens the door of the room.) Quick, to prison, and don't budge, sir. You will remain there until to-night, without food or drink! (Coming to Adrien.) Ah! I bet you are hungry?

Adr. No, my emotion is too great.

Bl. You are going to breakfast, that will occupy you.

Adr. In a house where there is nobody but women, there is never anything to eat.

Bl. But we are not alone.

Adr. How?

Bl. We have a friend here?

Adr. (Quickly.) Octave, he is with you?

Bl. He never leaves us.

Adr. Why did you blush?

Bl. I didn't blush.

Adr. You blushed, Octave is in love with you.

Bl. No. Come.

Noel. (Aside to Adrien.) Don't tease her, I will tell you her secret.

Adr. (To Noel.) Ah! I just arrived in time to bless them.

Bl. (To Adrien.) Hurry up, mamma will return.

Noel. (Looking out of the window.) No, there is no one in the avenue yet.

Adr. (Standing in the door.) Ah! my room as a schoolboy!— what order— my books. my maps, my herbarium, everything in its place. I don't recognize it. You see, you old scold, how quickly you took advantage of my death to put

profité de ma mort pour mettre en ordre mes affaires ! Mais, sois tranquille, demain tu t'apercevras que je suis revenu. Et mes études, on les a fait encadrer. Quel honneur ! (Il entre dans sa chambre.)

Bl. C'est ça—admire-les. (Elle ferme la porte.)

Adrien. Comment, tu m'enfermes ?

Bl. Sois sage. Songe qu'il y va de la vie de maman. Dans sa chambre ! En voilà de la joie !

———

SCÈNE XI.

BLANCHE, NOEL.

Noel. Quelle aventure ! Quand je disais qu'il n'était pas mort—je le connaissais bien !

Bl. Va vite lui chercher à déjeuner.

Noel. C'est juste.

Bl. Quel bonheur ! quel bonheur ! comme nous allons nous amuser ! Ah ! que c'est gentil de n'avoir plus de chagrin ! Et cet affreux deuil ! oh ! la vilaine robe !—il me tarde de la quitter—je mettrai ce soir ma robe rose ! (Elle saute de joie.)

Noel. Comme ça lui va bien, le bonheur ! elle saute comme une petite chèvre ! Mais, mademoiselle, ne sautez donc pas comme ça—si madame vous voyait ?—

Bl. Oh ! je t'en prie, laisse moi un peu sortir ma joie—elle m'étouffe. Oh ! c'est si bon de penser qu'il est là, lui, ce cher enfant que nous avons tant pleuré. Il est là ! mon cher petit frère. (Elle lui envoie les braissers.) Je le trouve embelli—c'est un homme.

Noel. Plus—un marin ! Oh ! il a une fameuse tournure, et il est bien mieux que son ami Octave.

Bl. Noël, tu es méchant.

Noel. Je suis si content—je dis des malices—c'est ma manière de danser, à moi. Mais quel moyen employer pour apprendre à madame.

Bl. Moi, je ne cherche pas. Dieu m'enverra une inspiration. La seule chose qui m'inquiète c'est que je ne peux plus être triste.

Noel. Ni moi non plus.

Bl. Nous voilà bien !

Noel. Vous êtes fraîche comme une rose !

Bl. Et toi, donc ! tu as un regard brillant qui dit tout.

Noel. Non, cela ne prouve rien. J'ai quelquefois l'œil très-brillant, d'ailleurs. (On entend sonner.)

Bl. On vient d'ouvrir la grille.

Noel (regardant par la fenêtre). C'est madame —tenons-nous bien !

Bl. Elle est avec Mathilde.

Noel. Elles se séparent. Mademoiselle de Pirreval rentre chez elle ; madame est sur le perron—elle monte ici. Alors, ferme ! voilà le moment du danger—je m'en vais.

Bl. Comment, tu me laisses ?

Noel. Vous le disiez vous-même, je ne sais pas dissimuler—je ne suis pas femme. (Il sort.)

SCÈNE XII.

BLANCHE (seule).

Noël ! Que faire ? le cœur me bat. Pauvre mère ! La voici. Comme elle est triste ! (Elle va du côté de la fenêtre.) Oh ! je voudrais lui sauter au cou et lui dire tout de suite—mais non, elle est si malade. Mon Dieu, inspirez-moi.

———

SCÈNE XIII.

MADAME DES AUBIERS, BLANCHE.

Mad. des Aub. (sans voir Blanche). Que je souffre ! Tant mieux ! le supplice sera moins long. (Elle s'assied sur la chaise longue.)

Bl. (s'approchant). Vous voilà, maman—comment êtes-vous ? Cette course vous a fatiguée, je le vois.

Mad. des Aub. Ah ! tu étais là—je ne t'avais pas vue.

Bl. J'étais sur le balcon. Ah ! maman, vous êtes pâle—vous avez encore bien pleuré !—

Mad des Aub. J'ai prié.

Bl. (à part). Oh ! je ne peux plus la voir pleurer, je n'ai plus de patience.—

Mad. des Aub. Octave était avec nous ; je n'ai pu dire à Mathilde ce que je voulais lui faire comprendre. Il faut tant de ménagements avec elle ! Ne trouves-tu pas, ma fille, qu'elle est tous les jours plus irritée ? N'es-tu pas comme moi inquiète de Mathilde ?

Bl. (distraite). Oui, maman, très-inquiète.—

Mad. des Aub. Il faut absolument qu'elle retourne chez son père. Je n'ai pas le droit de m'emparer de son avenir. Elle doit se consoler, elle—aucun lien ne l'engage. La douleur constante, les regrets éternels n'appartiennent qu'à nous.

Bl. (à part). Oh ! que je voudrais répondre !

Mad. des Aub. Qu'as-tu donc ? Tu n'en veux point à Mathilde, n'est-ce pas ?"

Bl. Moi ? Non, maman.

Mad. des Aub. Tu n'es pas fâchée que nous soyons allées sans toi à l'église ?

Bl. (vivement). Non, au contraire, je suis bien contente d'être restée à la maison.

Mme. des Aub. (à part). Ah ! Octave ! cette idée me trouble—on étouffe ici ! (Haut.) Pourquoi as-tu fermé la fenêtre ? Ouvre-la, Blanche.

Bl. (regardant la fenêtre ouverte). La fenêtre ! Mais, maman, elle. Ah ! c'est vrai, je l'avais fermée par distraction. (Elle court à la fenêtre ouverte et fait semblant de l'ouvrir. Apart.) Comme elle est oppressée ! Je n'ose encore rien lui dire.

Mad. des Aub. Il va faire de l'orage, sans doute—on est suffoqué !

Bl. (à part). Il fait un temps superbe !—Oh ! mon Dieu ! comme elle souffre. (Elle passe derrière sa mère et se place à sa gauche. Haut.) Maman. (Elle embrasse sa mère.)

Mad. des Aub. Cette promenade à la ferme t'a fait du bien. Tu as repris tes couleurs et presque ton gentil sourire.—Mais je te trouve, je

my things in order! But never mind, by to-morrow you will perceive that I am back. And my studies that they have framed. (Goes in.)

Bl. That's it— admire them: (She shuts the door.)

Adr. What, you lock me up?

Bl. Be good, remember, this is a question of mamma's life. In his room, that is happiness!

SCENE XI.

BLANCHE, NOEL.

Noel. What an adventure! When I told her that he was not dead, I knew him so well.

Bl. Hurry up and get him some breakfast.

Noel. (Aloud.) You are right.

Bl. What happiness! what happiness! how we are going to enjoy ourselves! Ah! how de-lightful it is not to have any more grief and this horrible mourning. Oh! the ugly dress! how glad I shall be to get out of it—I shall put on my pink dress to-night. (She jumps about joyously.)

Noel. How becoming happiness is to you! There she is jumping like a little goat! Made-moiselle you must not jump like that—if madame were to see you?

Bl. Oh! I beg of you, don't stop me! I must let my joy out, it smothers me! Oh! it is so good to think that he is there—he, the dear child we have all mourned for so long! He is there! my dear little brother! (She sends him kisses through the door.) How much he is im-proved—he is a man!

Noel. More than that—he is a sailor. Oh! he has a famous cut, much handsomer than his friend, Octave!

Bl. Noel, you are wicked!

Noel. I am so happy that I say naughty things—that's the way I dance. But what means to take to let madame know of it?

Bl. I don't seek any means. Heaven will in-spire me, the only thing that worries me now is that I can't look sad.

Noel. Nor I, either.

Bl. We are in a nice fix.

Noel. You are as blooming as a rose.

Bl. And your bright eyes betray the whole thing.

Noel. No, that proves nothing at all; my eyes are very brilliant sometimes. (Bell heard ringing.)

Bl. They have just opened the gate.

Noel. (Looking out of the window.) It is madame; be careful.

Bl. She is with Mathilde.

Noel. They are separating. M'lle de Pirre-val is going to her own apartments; Madame is on the landing, she is coming here. Come! courage—this is the dangerous moment—I am going away.

Bl. How, you will leave me?

Noel. You just now said that I didn't know how to dissimulate. I am not a woman. (He exits.)

SCENE XII.

Blanche. (Alone.) Noel! what am I to do? How my heart beats—poor mother, here she is! How sad she is! (Goes to the window.) Oh! I would like to throw my arms around her neck and tell her right away—but, no—she is so ill! My God, inspire me!

SCENE XIII.

MADAME DES AUBIERS, BLANCHE.

Mad. des Aub. (Without seeing Blanche.) How I suffer! So much the better; the torture will be shorter. (Sits on the lounge, Blanche coming to her.) Here you are, mamma; how are you? Your walk has tired you; I can see it.

Mad. des Aub. Ah! you were there—I hadn't seen you.

Bl. I was on the balcony. Ah! mamma, you are pale—you have been weeping very much!

Mad. des Aub. I have prayed.

Bl. (Aside.) Oh! I cannot see her weep; I have no more patience.

Mad. des Aub. Octave was with us; I could not tell Mathilde what I wanted to make her un-derstand. One has to be careful with her! Do you not think, my daughter, that she becomes more irritable every day? Are you not anxious about Mathilde as I am?

Bl. (Absently.) Yes, mamma, very uneasy.

Mad. des Aub. It is absolutely necessary that she should return to her father. I have not the right to interfere with her future. She must console herself—no tie holds her. Eternal grief, eternal regrets belong to us alone.

Bl. (Aside.) Oh! how I would like to answer her.

Mad. des Aub. What's the matter? You are not angry with Mathilde?

Bl. I? No, mamma.

Mad. des Aub. You are not hurt because we went to church without you?

Bl. (Quickly.) No; on the contrary, I am very glad I stayed at home.

Mad. des Aub. (Aside.) Ah! Octave! that thought troubles me—is stifling in here. (Aloud.) Why did you shut the windows? Open them, Blanche.

Bl. (Looking out the window.) The window! but mamma, ah! it is true I shut it thoughtless-ly. (She runs to the open window and pretends to open it.) (Aside.) How she is oppressed! I don't dare tell her anything.

Mad. des Aub. It is going to storm, undoubt-edly—it is stifling!

Bl. (Aside.) The weather is magnificent! Oh heavens! how she suffers. (Goes behind her mother and stands L.) (Aloud.) Mamma! (She kisses her mother.)

Mad. des Aub. That walk to the farm did you good; you have regained your color and almost got back your old smile. But somehow or other

ne sais pourquoi, une expression de figure étrange.

Bl. A moi !

Mad. des Aub. Tu me parais à la fois joyeuse et contrariée.

Bl. Vous devinez tout.

Mad. des Aub. As-tu appris quelque nouvelle qui te réjouisse?

Bl. Maman. (A part.) Quelle idée! Si j'osais.

Mad. des Aub. Helas! que pourrions-nous apprendre?

Bl. (à part.) Oui, c'est le meilleur moyen.

Mad. des Aub. (faisant signe à Blanche de s'asseoir). Dis-moi, qu'est-ce que tu as?

Bl. (s'asseyant sur le pouff). Eh bien ! je suis en colère, je suis furieuse, il y a des choses qui me révoltent.

Mad. des Aub. Quoi donc ?

Bl. C'est qu'il arrive de si grands bonheurs à des gens qui ne les méritent pas, qui ne les sentent pas. Et que vous, vous ayez tant de chagrins !—vous qui êtes si bonne, si généreuse, si aimée !

Mad. des Aub. J'avais reçu ma part trop belle, Dieu me l'a reprise. Mais de qui veux-tu parler ?

Bl. De cette mauvaise mère—moi je trouve que c'est une mauvaise mère.   [parler.

Mad. des Aub. Je ne sais pas de qui tu veux

Bl. De Gervaise—de Gervais qui avait forcé son fils à partir, à s'engager, parce qu'il voulait se marier malgré elle. C'était une cruauté indigne—elle méritait bien de le pleurer toujours !

Mad. des Aub. Eh bien?

Bl. Elle a reçu enfin des nouvelles.

Mad. des Aub. (se levant). Des nouvelles de son fils ?

Bl. Il n'a point péri dans le naufrage de l'Amphitrite, comme on le croyait.

Mad. des Aub. Oh ! mon Dieu ! un tel bonheur ! est-ce possible? (Elle retombe sur la chaise longue)

Bl. Il est à Brighton, on l'attend au Havre.

Mad. des Aub. (exaltée). Qu'a-t-elle donc fait au monde, cette mère, pour que cette récompense lui soit donnée?

Bl. Rien—et c'est ce qui m'indigne! Elle ne savait pas même pleurer son enfant.

Mad. des Aub. Ah ! Ne dis pas cela, ma fille!

Bl. On l'aurait crue déjà consolée, elle était si calme, si résignée—

Mad. des Aub. C'est qu'elle espérait ! Gervaise n'avait jamais reçu, elle, la nouvelle officielle de la mort de son fils, elle pouvait toujours se flatter qu'un jour.

Bl. Oui, c'est ce que je dis, elle pouvait encore espérer. Les aventures de voyage sont si singulières !

Mad. des Aub. L'heureuse femme !

Bl. Mais alors, maman,—c'est une idée folle, mais nous—nous peut-être aussi, nous pouvons espérer.

Mad. des Aub. Espérer !

Bl. Oh ! maman, maman, quelle joie si tout à coup nous allions apprendre que.

Mad. des Aub. C'est impossible, impossible, on a eu toutes les preuves de sa fin horrible. Mon pauvre enfant !

Bl. On a trouvé le corps d'un jeune homme qui avait les habits d'Adrien, c'est vrai; mais on a dit, on a avoué qu'on n'avait pas pu le reconnaître.

Mad. des Aub. Oui, mais.

Bl. Mais—mais—si—si quelqu'un—qui sait?— si quelqu'un avait emprunté son uniforme ?

Mad. des Aub. Un officier ne prête pas son uniforme; et d'ailleurs, l'acte est positif, le gouvernement a reçu la nouvelle.

Bl. On peut bien se tromper.

Mad. des Aub. Mais, ma pauvre fille, Adrien m'aurait écrit.

Bl. Ce n'est pas par une lettre que Gervaise a appris le retour de son fils, c'est par un voyageur.

Mad. des Aub. Son fils ne lui écrivait jamais, c'était un cœur insouciant ; mais mon fils à moi, si dévoué, si religieux dans ses soins.

Bl. Eh bien ! moi, depuis que je sais que Gervaise a appris le retour de son fils, je ne peux pas m'empêcher d'espérer, de rêver le retour du nôtre. Je ne peux pas croire que Dieu fasse une si grande injustice en sa faveur, et qu'il vous oublie. Oh ! maman, songe donc comme tu serais heureuse si on venait—le—tout à coup, te dire: On a vu votre fils.

Mad. des Aub. (exaltée). Tais-toi—tais-toi !—j'en mourrais !. Ne me donne pas ces cruelles idées, elles sont inutiles, et elles me font trouver mon désespoir encore plus amer.

Bl. (à part, en s'éloignant). Elle me décourage —elle ne me seconde en rien—elle repousse toute espérance, même en rêve. Et ce Noël qui me laisse tout le mal. Pourtant il faut bien lui apprendre. (Haut.) Vous me quittez, maman ?

Mad. des Aub. (agitée, et se disposant à sortir. Oui, je vais chez Mathilde.

Bl. Chez Mathilde?

Mad. des Aub. Il faut absolument obtenir d'elle qu'elle retourne à Paris. Je vais—je dois. (Arrivé à la porte, elle descend vers Blanche.) Tu disque c'est au Havre qu'on attend le fils de Gervaise ?

Bl. Oui, maman, au Havre. Il peut être ici demain.

Mad. des Aub. Quelle joie ! Comment pourra-t-elle supporter cette émotion ! Oh ! à sa place, je n'aurais. (Éclatant.) Oh ! je n'aurais jamais un pareil bonheur ! Son fils !—son fils ! Comment vit-elle dans une pareille attente? Elle doit compter les heures, les minutes, cette femme ! Blanche, je reviens. (Elle sort vivement.

SCÈNE XIV.

BLANCHE (seule).

Le coup a porté. L'idée va germer et grandir. D'abord elle comprendra qu'une mère peut retrouver son fils—et puis, je lui dirai: Cette mère si heureuse, ce n'est pas Gervaise—maman, c'est toi !

SCÈNE XV.

NOEL, BLANCHE.

Noel (avec un panier qu'il pose au fond, à gauche). Mademoiselle, où va donc madame ?

Bl. Elle va chez Mathilde.

Noel. Mais non, elle a pris le chemin du port.

it seems to me there is a peculiar expression on your face.

Bl. Mine?

Mad. des Aub. You appear to be both happy and annoyed at once.

Bl. You guess everything.

Mad. des Aub. You have heard some news which pleases you?

Bl. (Aside.) What an idea, if I dared!

Mad. des Aub. Alas! what could we hear?

Bl. (Aside.) Yes, it is the best way.

Mad. des Aub. (Motioning to Blanche to be seated.) Tell me, what is it?

Bl. (Sitting down on the stool.) Well, I am angry, I am furious, there are things which upset me.

Mad. des Aub. What?

Bl. Such great happiness comes to people who don't deserve it, who don't feel it. And you who have so much grief—you, who are so good, so generous, so much loved!

Mad. des Aub. I have received too many blessings. Heaven took them back. Of whom do you speak?

Bl. Of that bad mother, because I think that she is a bad mother.

Mad. des Aub. I don't know of whom you are speaking.

Bl. Of Gervaise, of Gervaise, who forced her son to go away to take service, because he wanted to marry against her will. It was an outrageous cruelty. She deserved to mourn him forever.

Mad. des Aub. Well?

Bl. She has received news at last.

Mad. des Aub. (Rising.) News of her son?

Bl. He did not perish in the wreck of the Amphitrite, but they thought he did.

Mad. des Aub. Oh! Heavens! Is so much happiness possible? (Falls back on the lounge.)

Bl. He is at Brighton, they expect him in Havre.

Mad. des Aub. (Excited.) What on earth has his mother done, to deserve such a recompense?

Bl. Nothing, and that's what enrages me. She did not even weep for her child.

Mad. des Aub. Ah! do not say that, my daughter!

Bl. One would have thought she had already consoled herself, she was so calm, so resigned—

Mad. des Aub. That's because she had hope! Gervaise never received the official news of her son's death. She could always flatter herself that some day—

Bl. Yes, that's what I say, she could always hope. There are such strange adventures in travels.

Mad. des Aub. A happy woman!

Bl. But then, mamma—the idea is ridiculous—but might we not also hope?

Mad. des Aub. Hope!

Bl. Oh, mamma, mamma, what joy it would be if we could all at once hear that—

Mad. des Aub. It is impossible—impossible; we have had all the proofs of his horrible death. My poor child!

Bl. They found the body of a young man who had on Adrien's 'clothes, true; but they said, they acknowledged that they could not recognize him.

Mad. des Aub. Yes, but—

Bl. But—but—if—if somebody—who knows? If some one had borrowed his uniform!

Mad. des Aub. An officer never lends his uniform; and, at any rate, it is positive, the government received news of it.

Bl. But they might be mistaken.

Mad. des Aub. But, my poor little crazy girl, Adrien would have written me.

Bl. It is not through a letter that Gervaise heard of her son's return; it's through a traveler.

Mad. des Aub. Her son never wrote to her; he was thoughtless, light-hearted, but my son is so devoted—religiously so.

Bl. Well, for my part, since I know that Gervaise has heard of her son's return, I can't help hoping, dreaming, of the return of our boy. I can't believe that God would be so unjust, in favor of those who don't care, too. Oh! mamma, think how happy you would be if they came to tell you that—all at once, to say: Your son has been seen.

Mad. des Aub. (Excited.) Hush—hush! I should die! Don't give me such cruel thoughts, they are useless, and make my despair still more bitter.

Bl. (Aside.) (Going away.) She discourages me—she don't help me along at all, she repulses every hope, even in dreams. And Noel that leaves me all the anxiety. However, she must be told. (Aloud.) You are leaving me, mamma?

Mad. des Aub. (Agitated, and about to go out.) Yes, I am going to Mathilde.

Bl. To Mathilde?

Mad. des Aub. I must persuade her to return to Paris. I am going—I must. (Goes to the door, then returns to Blanche.) You say that Gervaise's son is expected in Havre?

Bl. Yes, mamma, in Havre. He may be here to-morrow.

Mad. des Aub. What happiness! How will she be able to bear so much joy! Oh! in her place I could. Oh! I could never have so much happiness! her son!—her son! how can she live until he comes? She must be counting the hours, the minutes! Blanche, I will return. (She exits quickly.)

SCENE XIV.

Bl. (Alone.) I have hit the mark. That thought will remain in her mind and grow into hope. First, she will understand that a mother can find her son—and then I will say to her: That happy mother is not Gervaise, it is you!

SCENE XV.

NOEL, BLANCHE.

Noel. (With a basket that he sits down L.) Mademoiselle, where is madame going?

Bl. To Mathilde.

Noel. No, she took the road to the dock.

Bl. Seule?

Noel. Non, j'ai fait tigne à Louise, qui la suit en cachette.

Bl. Souffrante comme elle est aujourd'hui!

Noel. Elle n'a pas l'air malade, elle marche vite et d'un pas empressé, comme quelqu'un qui va chercher une bonne nouvelle. J'ai cru que vous lui aviez dit quelque chose.

Bl. Et c'est le chemin du port qu'elle a pris?

Noel. Oui, celui qui rejoint le rempart, et que nous prenons quand nous allons chez Gervais.

Bl. Elle est allée chez elle: je m'en doutais!

Noel. Et que va-t-elle faire là?

Bl. Noël, elle va apprendre comment on retrouve son fils.

Noel. Comment cela?

Bl. Je lui ai fait un conte.

Noel. Un conte!

Bl. Je lui ai dit le bonheur qui nous arrive.

Noel. Déjà?

Bl. Mais je lui ai fait croire que c'est à la Gervaise que ce grand bonheur était arrivé.

Noel (fâché). C'est ingénieux! Elle va découvrir que c'est un mensonge.

Bl. Tant mieux!

Noel. Elle comprendra bien vite qu'il y a un mystère là-dessous.

Bl. Et elle cherchera.—

Noel (comprenant). Ah! j'y suis!—et elle devinera!

Bl. Elle n'osera pas deviner—c'est trop beau! mais elle pensera que nous avons reçu quelques avis, qu'on nous a donné quelques nouvelles. Deviner qu'il est là, vivant! Ah! mon Dieu! mais il meurt de faim, ce cher prisonnier, porte-lui vite à manger.

Noel. J'ai là mon panier.

Bl. C'est bien! Entre vite.

Noel. Faites le guet. (Il entre dans la chambre d'Adrien.)

Bl. Sois tranquille.—C'est vrai, si quelqu'un, si Mathilde nous surprenait—ah! quelle attaque de nerfs! Et Noël qui a tant peur des nerfs de Mathilde!

Noel (sortant de la chambre, effaré). Mademoiselle —mademoiselle.

Bl. Eh bien?

Noel. Votre frère.

Bl. Eh bien!—mon frère?

Noel. Dans sa chambre il n'y a plus rien.

Bl. Adrien.

Noel. Vous l'aviez enfermé à double tour.

Bl. Ah! je devine—il est chez Mathilde.

Noel. Par où serait-il passé?

Bl. Par la fenêtre.

Noel. Encore!

Bl. Et ma mère qui doit aller chez elle! Elle va le voir.

Noel. Allons, bon! à peine de retour, voilà déjà les tourments!

Bl. Et que veux-tu, puisqu'il l'aime!

Noel. Oui, il l'aime, il l'a revue, et déjà il ne pense plus à nous. Oh! l'amour—l'amour!

SCENE XVI.

NOEL, ADRIEN, BLANCHE.

Adr. (debout sur la fenêtre). L'amour a des ailes.

Bl. (allant à Adrien). Ah! te voilà!

Noel. (de même). Ah! vous voilà!

Bl. Quelle imprudence!

Noel. Quelle folie! (Ils le remènent en scène.)

Bl. Sauter par la fenêtre!—mais maman pouvait te voir!

Noel. Mais vous pouviez vous casser le cou!

Adr. Tomber par la fenêtre—j'y suis habitué, c'est ce que je fais le mieux.

Noel. Joli talent!

Adr. Je n'y tenais plus !—elle était en face de moi.

Bl. Nous n'avons pas le temps de t'écouter. (Elle le pousse vers la petite porte.)

Adr. (revenant à Noël). Elle pleurait.—

Noel. La folie est faite, n'en parlons plus—rentres rite.

Adr. Comme elle est embellie! la voir en deuil —de moi! cela m'a monté la tête.

Bl. Mais va-t'en donc!

Adr. (résistant.) Je te le dis, Blanche, si tous les maris qu'on pleure pouvaient voir leurs veuves en deuil d'eux-mêmes.

Noel. Eh bien! qu'est-ce qu'ils feraient?

Adr. Ils ressusiteraient tout de suite.

Noel. Et leurs veuves en mourraient. Rentrez vite.

Adr. Mais comme vous m'aimez tous! mais je vaux donc quelque chose?

Bl. Tu ne vaux rien. Cache-toi; si maman.

Adr. Eh bien! quand elle me verrait—je suis sûr que la joie.—

Bl. La suffoquerait.

Adr. (passant à gauche). Je veux voir ma mère.

Bl. Noël, tu l'entends, il veut la voir.

Noel. C'est d'une extravagance!

Bl. Tu ne la verras pas.

Noel (lui barrant la porte du fond). Dussé-je employer la force, vous ne la verrez pas!

Bl. Sans cœur!

Noel. Mauvais fils!

Bl. Mauvais frère!

Noel. Brutal!

Bl. Marin!

Noel. Savant!

Adrien. Oh! mais c'est odieux! Si on me maltraite comme cela, je m'en vais. J'aime mieux les sauvages.

Noel (écoutant). Prenez garde.

Bl. Mon petit frère, de grâce, encore un moment!

Adr. Allons, puisqu'il le faut.

Noel. On vient!

Bl. (poussant Adrien dans la chambre). Il était temps!

SCENE XVII.

NOEL, BLANCHE, OCTAVE.

Bl. (voyant entrer Octave, bas). Ah! ce n'est pas elle.

Noel (bas). Voilà du répit.

Oct. Mademoiselle Blanche.

Bl. (bas). Quelle peur!

Noel (bas). J'en frissonne.

Oct. Je vous dérange. Pardon! Je vais.

Bl. Non, non, restez, au contraire. Nous avons cru que c'était maman, et de vous voir.

Bl. Alone?

Noel. No, I had Louise follow her, on the sly.

Bl. As ill as she is to-day!

Noel. She does not look ill, she was walking so quickly, like some one going in search of good news. I thought that you had told her something.

Bl. And she took the road to the dock?

Noel. Yes, the one that leads to the Ramparts, that we take when we go to Gervaise's.

Bl. She went there, I thought she would.

Noel. What is she going to do there?

Bl. Noel, she is going to learn how one finds their son.

Noel. How?

Bl. I told her a story.

Noel. A story?

Bl. I told her of the happiness which has come to us.

Noel. Already?

Bl. But I made her believe that it was to Gervaise.

Noel. (Angry.) That's smart, she is going to find out that it is a story.

Bl. So much the better!

Noel. She will understand very quickly that there is some mystery there.

Bl. She will seek—

Noel. (Understanding.) Ah! I have it—she will guess!

Bl. She will not dare guess, that would be too good, but she will think that we have received some news. To guess that he is there alive! Ah! —But great heavens! This dear prisoner must be dying of hunger; quick, take him something to eat.

Noel. I have it here, in my basket.

Bl. Good! Go in quickly.

Noel. You watch. (Goes in Adrien's room.)

Bl. Be quiet. It's true if Mathilde should surprise us? Oh! what hysterics she would have! And Noel is so afraid of Mathilde's nerves!

Noel. (Coming out of the room scared.) M'lle! m'lle!

Bl. Well?

Noel. Your brother?

Bl. Well, my brother?

Noel. There's nobody in his room.

Bl. Adrien!

Noel. You had locked him in.

Bl. Ah! I can guess, he is at Mathilde's.

Noel. How would he have gotten out?

Bl. Through the window.

Noel. Perhaps.

Bl. And mamma, who is going to Mathilde! She will see him.

Noel. Good! No sooner back, than the torments begin!

Bl. But Noel, since he loves her!

Noel. Yes, he loves her, he has seen her, and already forgets us. Oh! love, love!

SCENE XVI.

NOEL, ADRIEN and BLANCHE.

Adr. (Standing in the window.) Love has wings.

Bl. (Going to Adrien.) Ah! here you are!

Noel. (Going to him.) Ah! there you ar

Bl. How imprudent!

Noel. (Bringing him down stage.) What folly!

Bl. To jump out of the window—but mamma might have seen you.

Noel. But you might have broken your neck!

Adr. I am used to falling out of windows, that's one of my accomplishments.

Noel. Nice accomplishment.

Adr. I could not stand it! She was right opposite me.

Bl. We have no time to listen to you. (Tries to push him towards the door.)

Adr. (Coming back to Noel.) She was weeping.

Noel. The folly is done; we won't talk of it any longer. Go back quickly.

Adr. How she has improved! To see her in mourning for me! It turned my head.

Bl. Will you g in?

Adr. (Resisting her.) I tell you, Blanche, if every husband could see their widows in mourning for themselves—

Noel. Well! what would they do?

Adr. They would come to life right away.

Noel. And the widows would die of fright. Go in, quick.

Adr. Ah, how you all love me! Then I am worth something?

Bl. You are not worth anything. Hide; if mamma—

Adr. Well, when she will see me—I am very certain of her joy.

Bl. It would suffocate her.

Adr. (Crossing L.) I want to see my mother.

Bl. Noel, do you hear? He wants to see her.

Noel. What folly.

Bl. You will not see her.

Noel. (Barring the door at back.) If I am obliged to use main strength, you shall not see her.

Bl. Heartless boy.

Noel. Bad son!

Bl. Bad brother!

Noel. Brutal!

Bl. Sailor!

Noel. Savant!

Adr. Oh, this is dreadful! If you abuse me in this way, I am going away. I prefer the savages.

Noel. (Listening.) Take care.

Bl. My little brother, in mercy, another moment.

Adr. Well, since I must.

Noel. Somebody is coming.

Bl. (Pushing Adrien into the room.) It was time!

SCENE XVII.

NOEL, BLANCHE, OCTAVE.

Bl. (Seeing Octave enter, whispers.) Ah! it is not she.

Noel. (Whispering.) A moment's respite.

Oct. Mlle. Blanche!

Bl. (Aside.) What a fright!

Noel. (Aside.) I am shuddering yet.

Oct. I disturb you; pardon me, I am going.

Bl. No, no, on the contrary, remain. We though it was mamma, and then to see you—

Noel. Oui, ça nous parait drôle.

Oct. (étonné). Qu'y a-t-il ?

Bl. C'est que nous avons à vous apprendre une nouvelle que—qui doit.

Noel. (bas à Blanche). N'allez-vous pas faire des façons avec celui-là ! Est-ce qu'il va aussi s'évanouir et palpiter comme ces dames ?

Oct. (à part). Qu'ont-ils donc ? Ils ont l'air de se concerter.

Bl. (bas à Noël). Il sera si fâché de n'être pas tout à fait heureux du retour de son ami !

Noel (bas). Ah ça ! je le lui pardonne. (A part.) Je me suis dit tant de fois: Pourquoi n'est-ce pas lui ?

Oct. Eh bien ! cette nouvelle ?

Bl. C'est un bonheur, un grand bonheur qui nous arrive.

Oct. Un bonheur ! Lequel ?

Bl. A vous aussi. Vous l'aimez tant ! Vous avez partagé notre douleur. Aujourd'hui, c'est notre joie qu'il faut partager.

Oct. Votre joie. Est-ce qu'Adrien ?

Bl. Il n'est pas mort.

Oct. Ah !—mon cher Adrien !

Bl. (bas à Noël). Tu vois, il est heureux !

Noel. C'est d'un bon cœur !

Bl. (de même). J'ai raison de l'aimer.

Oct. (à Blanche). Quel prodige ! Mais votre mère ?

Bl. Il n'y a plus à craindre que pour elle—car maintenant ici tout le monde sait.—

Oct. Tout le monde ? Mathilde ?

Bl. Elle a revu Adrien, il n'y a plus de danger pour elle.

Oct. (avec amertume). Ah !—il se sont revus !

Bl. (bas à Noël). Voilà la jalousie qui lui reprend et qui va tout gâter.

Noel (de même). N'ayez pas peur—l'impossible arrange tout.

Oct. (avec agitation). Blanche, vous êtes une noble enfant, je me fie à vous—ne dites à personne qu'en quittant cette maison j'étais instruit du retour d'Adrien—pour des raisons que je ne puis vous expliquer.

Bl. Je ne vous demande pas votre secret; je le sais.

Oct. Mon secret !—

Bl. C'est si dangereux de regarder aimer !

Oct. Blanche !

Noel (au fond). J'entends madame.

Oct. Adieu.

Bl. Ne me quittez pas. Songez-y donc, il faut bien lui apprendre. Aidez-moi.

Oct. Il vaut mieux—

Bl. Je vous en prie !

SCÈNE XVIII.

Blanche, Noel, Madame des Aubiers, Octave.

Mad. des Aub. (Observant Blanche et Octave, qui sont immobiles, puis passant à droite, à part). Mais pourquoi m'a-t-elle trompée ? Blanche, la vérité même. Elle m'a fait un mensonge. Pourquoi?—c'est impossible !—je ne veux pas espérer—j'ai peur ! (Haut.) Noël, laisse-nous. (Noël sort.)

SCÈNE XIX.

Blanche, Octave (un peu au fond), Madame des Aubiers.

Mad. des Aub. (à Blanche). Tu as peut-être été inquiète de moi, Blanche, de ma longue absence ? Je t'avais dit que j'allais chez Mathilde, et puis, en descendant l'escalier, l'idée m'est venue d'aller voir Gervaise, tu te rappelles, que tu m'avais dit être si joyeuse; je l'ai trouvée plus triste que jamais.

Bl. Gervaise !

Mad. des Aub. Elle n'a reçu aucune nouvelle de son fils. Ah ! c'était un trop grand bonheur! Je savais bien qu'il ne pouvait arriver à personne ! Pleurer son fils, et le revoir tout à coup devant soi, vivant. Entendre sa voix qu'on croyait éteinte à jamais—le tenir dans ses bras serrés, serrés!—pour qu'il ne s'échappe plus.— (Avec exaltation.) Oh ! cette joie-là, je savais bien qu'il n'était donné à personne de la connaître, de la savourer !

Bl. (à Octave bas). Oh ! voyez, regardez-la, comme elle a la fièvre !

Mad. des Aub. (à part). Je m'exalte trop, ils ne me diront rien. (Elle s'assied à droite.)

Bl. (à Octave, bas). Vous comprenez quelle prudence il faut !

Mad. des Aub. Qui t'avait fait ce conte-là, ma fille ?

Bl. C'est Noël, maman. Un paysan lui a donné ce matin cette nouvelle comme certaine.

Mad. des Aub. Est-ce que cet homme donnait des détails ? Est-ce qu'il nommait précisément la Gervaise ?

Bl. Je ne sais pas s'il l'a nommée. (Mouvement de madame des Aubiers.)

Mad. des Aub. Ah ! ah !

Oct. (bas à Blanche). Prenez garde !

Bl. Je sais seulement que d'après tout ce qu'il a raconté, Noël n'a pu douter qu'il ne s'agit de Gervaise.

Oct. (à madame des Aubiers). Je retourne au Havre ce soir; et si vous le désirez, madame, je vous enverrai les renseignements.

Mad. des Aub. (vivement). Vous partez, Octave ? (A part.) Comme il est triste ! (Haut.) N'avez-vous pas promis à monsieur de Pierreval de lui ramener sa fille ?

Oct. Oui, madame, mais—

Mad. des Aub. Avez-vous réussi ?—consent-elle ?

Oct. Non, madame, elle s'obstine à rester.

Mad. des Aub. Ah ! Et vous partez !

Oct. Veuillez me permettre de prendre congé de vous. Adieu, madame. (Il sort.)

Bl. (à part). Il s'en va—c'était trop de bonheur ! (Elle s'assied sur le canapé au fond, à gauche. Elle pleure.)

SCÈNE XX.

Madame des Aubiers, Blanche.

Mad. des Aub. (à part, avec joie). Comme il est embarrassé, honteux auprès de moi—il a l'air de me demander pardon de n'être pas heureux. Il n'y a que le retour d'un rival qui

Noel. Yes, it seemed funny.

Oct. (Surprised.) What's the matter?

Bl. We have some news to tell you, some news which—which should—

Noel. (Whispers to Blanche.) You are not going to put on airs with him. Is he going to faint and palpitate like the ladies?

Oct. (Aside.) What's the matter with them? They seem to be plotting something.

Bl. (To Noel.) He will be so sorry not to be able to rejoice at his friend's return.

Noel. (To Blanche.) Ah, I forgive him. (Aside.) I said to myself so often: Why was it not he, instead of Adrien?

Oct. Well, this news?

Bl. It's a great happiness, a great happiness which comes to us.

Oct. A happiness, which?

Bl. And you, too; you loved him so well. You have shared our grief. To-day it is our joy that you must share.

Oct. Your joy? It is Adrien?

Bl. He is not dead.

Oct. Ah! My dear Adrien!

Bl. (Aside to Noel.) You see that he is happy!

Noel. He has a good heart!

Bl. (To Noel.) I am right to love him.

Oct. What a miracle, but your mother?

Bl. She is the only one for whom we fear now; every one else knows it.

Oct. Every one? Mathilde?

Bl. She has seen Adrien, there is no longer any danger for her.

Oct. (Bitterly.) Ah! they have seen each other.

Bl. (Aside to Noel.) That is jealousy, getting th· upper hand, it will spoil all.

Noel. (Aside to Blanche.) Never fear, the inevitable fixes everything.

Oct. (With emotion.) Blanche, you are a noble child. I will trust you; don't tell any one that I knew of Adrien's return before I left the house, for reasons that I can't explain.

Bl. I don't ask what your secret is; I know it.

Oct. My secret!

Bl. It is so dangerous to see others love each other.

Oct. Blanche!

Noel. (At back.) I hear, madame.

Oct. Farewell.

Bl. Don't leave me. Think, I must break the news to her. Help me.

Oct. It would be better—

Bl. I implore you!

———

SCENE XVIII.

BLANCHE, NOEL, MAD. DES AUBIERS, OCTAVE.

Mad. des Aub. (Seeing Blanche and Octave standing immobile crosses right, aside.) But why did she deceive me? Blanche, who is truth itself She told me a story, why? It's impossible. I don't wish to hope—I am afraid! (Aloud.) Noel leave us. (Noel exits.)

SCENE XIX.

BLANCHE, OCTAVE at back, MAD. DES AUBIERS.

Mad. des Aub. (To Blanche.) You have been anxious about me, perhaps, Blanche, about my long absence? I told you that I was going to Mathilde; then, as I came down stairs, the idea struck me to go and see Gervaise, you had told me she was so happy; I found her sadder than ever.

Bl. Gervaise!

Mad. des Aub. She has received no news from her son. Ah! it was too much happiness; I knew so much happiness could not come to anybody! to weep for a son, and all at once to see him before you alive, hear his voice, which you thought never to hear it again—to hold him close—close in your arms! so that he would never escape again. (Excitedly.) Oh! that was too much joy; I knew very well that so much happiness could not be bestowed upon any one.

Bl. (Aside to Octave.) Oh! look, look at her, how feverish she is.

Mad. des Aub. (Aside.) I am too much excited, they will not tell me anything. (Sits R.)

Bl. (Aside to Octave.) Do you understand how much prudence is necessary?

Mad. des Aub. Who had told you such a story, madame?

Bl. It was Noel, mamma; a peasant gave him this piece of news this morning as being authentic.

Mad. des Aub. Did this man give these details? Did he name Gervaise?

Bl. I don't know whether he named her. (Madame des Aubiers starts.)

Mad. des Aub. Ah! ah!

Oct. (Aside to Blanche.) Take care!

Bl. I only know that, from what he says, Noel had no doubt that it was a question of Gervaise.

Oct. (To Madame des Aubiers.) I return to Havre to-night, and I will inform myself of the matter, if you so desire.

Mad. des Aub. (Quickly.) You are leaving, Octave? (Aside.) How dejected he is. (Aloud.) Had you not promised M. Pierreval to bring his daughter back with you?

Oct. Yes, madame, but——

Mad. des Aub. Have you succeeded? Does she consent?

Oct. No, madame, she insists upon staying.

Mad. des Aub. Ah! and you leave?

Oct. Allow me to take leave of you, madame; farewell! (He exits.)

Bl. (Aside.) He is going—it was too much happiness. (She sits on the sofa at back L. and weeps.)

———

SCENE XX.

MADAME DES AUBIERS, BLANCHE.

Mad. des Aub. (Aside, joyfully.) How embarrassed he is, ashamed to look at me! He seems to ask my pardon for not being happy. It is only the return of a rival that could discourage

puisse le décourager ainsi. Oui, c'est cela! Lui, il me cache son chagrin—eux me cachent leur joie! Oh! je veux tout savoir!—je pourrai supporter ce bonheur, mais je ne peux plus supporter cette espérance folle—c'est leur joie que je veux. (Apercevant Blanche, qui essuie ses yeux.) Elle est tout en larmes. Malheureuse! je me suis trompée! (Elle tombe sur un fauteuil, à droite.)

Bl. (accourrant vers elle). Maman, vous êtes souffrante—maman—oh! comme tes mains sont froides! Tu es malade—veux-tu que?

Mad. des Aub. (avec égarement). Blanche, pourquoi pleures-tu?

Bl. (effrayé). Mais depuis le—le départ de mon frère, je ne peux plus dire adieu à quelqu'un sans pleurer.

Mad. des Aub. (regardant son deuil). Ah! je suis folle! je demande pourquoi on pleure! Mais à qui as-tu dit adieu?

Bl. (avec embarras). A Octave.

Mad. des Aub. (à part). Ah! c'est vrai elle l'aime—je l'avais oublié! Pauvre enfant!—il part—elle pleure! (Avec joie.) Mais c'est pour cela—pour cela seulement qu'elle pleure! (Haut.) Blanche—non. (A part.) Non je lui ai fait peur, elle ne dira rien—je veux toute seule. (Elle se lève.) Je veux, en relisant encore les rapports qui m'apprennent cette mort affreuse. Oui, je veux les relire. (Elle va à la table à gauche, elle regarde dans le pupitre.—Haut.) Eh bien! où est donc la clé de cette chambre?—je l'avais mise là. Est-ce toi qui as repris cette clé?

Bl. Laquelle, maman?

Mad. des Aub. La clé de cette chambre, celle de—ton frère?

Bl. La clé—vous la gardez toujours dans votre secrétaire—ce n'est pas moi, maman.

Mad. des Aub. Qu'as tu donc? Tu as l'air de te justifier.

Bl. Me justifier!

Mad. des Aub. (à part). C'est elle qui l'a pris! Pourquoi? J'ai eu tort de renvoyer Noël. Noël mentira aussi; mais je devinerai bien. (Haut.) Je veux cette clé, Blanche, va la demander à Noël. (A part.) Non, elle le préviendrait. (Appellant.)

Bl. Je vais le chercher.

Mad. des Aub. (vivement). Non—il m'a entendu, (Bas.) Elle voulait le prévenir. (Elle va à Blanche.—Haut.) Ma fille, tâche de retenir Octave quelques moments; j'ai à lui demander un service. Oui, tâche d'obtenir qu'il ne parte que demain; je tiens beaucoup à ce qu'il reste aujourd'hui.

Bl. Oui, maman.

Mad. des Aub. Va, ma fille, va. (A part.) Si je puis me contraindre, je saurai tout.

Bl. (bas à Noël, qui entre.) Je n'ai rien dit encore; sois prudent! (Blanche sort.)

SCÈNE XXI.

Noël, Madame des Aubiers.

Mad. des Aub. (à Noël). Ferme la porte. Eh bien! Noël, on a des nouvelles de mon fils!

Noel. (stupéfait). Ah! madame, qui est-ce qui vous a dit une chose pareille?

Mad. des Aub. C'est Blanche.

Noel. Mademoiselle Blanche a eu tort de vous dire ça. Ce n'est peut-être qu'un faux bruit qui vous donnera une fausse joie.

Mad. des Aub. Comment?

Noel. Oui, il y a quelque chose.—(Madame des Aubiers chancelle. Il la fait asseoir sur le fauteuil, à droite.) Et si vous étiez tranquille, si vous pouviez être tranquille, je vous dirais tout.

Mad. des Aub. Oh! Noël—vous comme je suis calme!

Noel. Vous n'en avez pas trop l'air: au premier mot que je vous dis vous tombez.

Mad. des Aub. Je t'en prie, je t'en supplie—c'est un bonheur impossible; mais depuis une heure que Blanche m'a jeté cette idée en espérance, je l'ai comprise, acceptée—je—

Noel. (avec une fausse bonhomie). Alors, je peux vous dire la vérité.

Mad. des Aub. Oui, mon bon Noël, mon vieil ami—toute la vérité.—Eh bien?

Noel. Voilà ce qu' c'est; un voyageur a débarqué ce matin au Havre, et ce voyageur a raconté, par hasard, qu'il avait rencontré dans ses voyages un jeune voyageur—avec qui il avait voyagé—et que ce jeune voyageur se nommait Adrien des Aubiers. Alors, on lui a dit que nous avions appris sa mort, qu'il avait péri à—vous savez. Mais non, a-t-il dit, c'est depuis cette affaire que nous avons voyagé ensemble, et il n'y a pas quinze jours que je l'ai laissé vivant et très-bien portant.

Mad. des Aub. (ivre de joie). Où?

Noel. Où?

Mad. des Aub. Oui.

Noel. A. (A part.) Il me faudrait un nom de pays.

Mme. des Aub. (exaspérée). Mais où donc, Noël, où donc l'a-t-il laissé?

Noel. (effrayé). En Perse!

Mad. des Aub. (en colère, se levant et passant à gauche). Ah! tu es absurde!—En Perse—il y a quinze jours—c'est impossible!

Noel. Mais, dame! aussi c'est votre faute—vous me grondez, madame! Vous en devinez plus qu'il n'y en a, vous me faites perdre la tête.

Mad. des Aub. Noël!—Dieu! quelle idée!—Oh! mon pauvre cœur!—si cela était!—on l'attend?

Noel. Non, madame, non, ma parole d'honneur, on ne l'attend pas!

Mad. des Aub. Alors, il m'a écrit?

Noel. Il ne vous a pas écrit.

Mad. des Aub. Il t'a écrit à toi?

Noel. Non, madame, pas lui—mais il m'est impossible de vous confier la lettre.

Mad. des Aub. Pourquoi?

Noel. Parce que je ne l'ai point reçue.

Mad. des Aub. (exaltée). Ah! tu me fais mourir!—C'est par charité qu'il me torture ainsi. Pauvre homme—tu as raison, cette joie m'écrase. (Elle tombe accablée sur le fauteuil.)

Noel. Madame.

Mad. des Aub. Laisse-moi—laisse-moi.

Noel. (à part). Que faire? Faut-il?—je vais les appeler. (Il va à la fenêtre.)

Mad. des Aub. (se levant). Mais si on les avait trompés—s'il me fallait perdre cet espoir! Non, Blanche ne me l'aurai pas donné—la nouvelle est certaine. Oh! oui, j'en crois ma joie!—Cette joie délirante qui m'enivre est un pressentiment,

him so. Yes, that's it! He hides his grief from me—and they hide their joy! Oh! I must know all!—I can support the happiness, but I cannot bear this hope—it is their joy that I must have! (Perceiving Blanche, who is wiping her eyes.) She is in tears, unhappy woman; I have deceived myself! (Sinks in chair R.)

Bl. (Running to her.) Mamma, you are ill; mamma—oh! how cold your hands are. You are ill—do you wish me to ——

Mad. des Aub. (Wildly.) Blanche, why are you crying?

Bl. (Frightened.) Since the—my brother's departure I cannot say farewell to any one without weeping.

Mad. des Aub. (Looking at her mourning dress.) Ah! I am crazy! I ask why you weep; but who did you say farewell to?

Bl. (Embarrassed.) To Octave.

Mad. des Aub. (Aside.) Ah! true, she loves him. I had forgotten that, poor child! He is leaving—and she weeps. (Joyfully.) But that is why—that's the only reason she is in tears. (Aloud.) Blanche, no. (Aside.) No, I frighten her and she will tell me nothing. I must leave her alone. (She rises.) I must read again the reports of his horrible death. Yes, I must re-read them. (Goes to table L., looks in the desk. Aloud.) Well, where is the key of that room? I had placed it there. Is it you who took the key?

Bl. Which, mamma?

Mad. des Aub. The key of that room. The room—your brother's room.

Bl. The key—you always keep it in your secretary; it was not me, mamma.

Mad. des Aub. What is the matter? You seem to be justifying yourself.

Bl. Justifying myself?

Mad. des Aub. (Aside.) It is she who took it. Why? I was wrong to send Noel away. Noel will tell me a story, also; but I would guess it. (Aloud.) I want that key, Blanche, go and ask Noel for it. (Aside.) No, she will warn him. (Calling.) Noel!

Bl. I will go after him.

Mad. des Aub. (Quickly.) No; he heard me. (Aside.) She wanted to warn him. (Goes to Blanche. Aloud.) My daughter, try to detain Octave a few moments; I have a favor to ask him. Yes, try to persuade him not to leave until to-morrow; I am particular about his staying to-day.

Bl. Yes, mamma.

Mad. des Aub. Go, my daughter, go. (Aside.) If I can control myself I will know all.

Bl. (Aside to Noel, who enters.) I have not said anything, be prudent. (Blanche exits.)

———

SCENE XXI.

NOEL, MADAME DES AUBIERS.

Mad. des Aub. (To Noel.) Close the door. Well, Noel, they have had news from my son?

Noel. (Amazed.) Ah! madame, who told you such a thing?

Mad. des Aub. Blanche.

Noel. Mlle. Blanche was wrong to tell you that. Perhaps it is only a false rumor, that will give you a false hope.

Mad. des Aub. How?

Noel. Yes, there is something—

Mad. des Aub. (Totters, he sits her down on chair R.) If you are calm, if you can be calm, I will tell you all.

Mad. des Aub. Oh! Noel—You see that I am calm.

Noel. You don't look very calm. At the first words I speak to you, you fall.

Mad. des Aub. I beg of you, I implore you—this happiness is impossible; but since Blanche threw out this hope an hour ago, I understood it, accepted it—I—

Noel. (With pretended candor.) Then I can tell you the truth.

Mad. des Aub. Oh yes, my good Noel, my old friend—the whole truth. Well!

Noel. Here it is: A traveler who landed at Havre this morning, related by chance, that during his travels, he had met a young man named Adrien des Aubiers. Then, when they told him that we had heard of his death, that he had perished at—you know No, it was since that, that we traveled together, I left him fifteen days ago alive and well.

Mad. des Aub. Where?

Noel. Where?

Mad. des Aub. Yes!

Noel. (Aside.) I must have the name of the country.

Mad. des Aub. (Exasperated.) But where, Noel, where did he leave him?

Noel. (Frightened.) In Persia.

Mad. des Aub. (Angrily.) (Rises and crosses L.) Ah, how absurd you are! In Persia—fifteen days ago—that's impossible—

Noel. Well! it's your fault—you scold me, madame! You guess more than there is, and I get confused.

Mad. des Aub. Noel!—Heavens! What a thought, oh my poor heart! If it were true!—They expect him?

Noel. No, madame, no, on my honor, they don't expect him!

Mad. des Aub. Then he has written to me?

Noel. He has not written to you.

Mad. des Aub. He wrote to you, then?

Noel. No, madame, not he—but it is impossible to confide the letter in you.

Mad. des Aub. Why?

Noel. Because I didn't receive any.

Mad. des Aub. (Excitedly.) Ah! you are killing me, in mercy don't torture me thus! Poor man—you are right, this joy is crushing me. (She sinks down on sofa.)

Noel. Madame!

Mad. des Aub. Leave me, leave me!

Noel. (Aside.) What am I to do? Must I?—I am going to call them. (Goes to the window.)

Mad. des Aub. (Rising.) But if they had been deceived—if I should be obliged to give up this hope now? Blanche would not have given it to me—the news is certain. Oh! yes, I believe in my joy—this delirious joy is a presentment of

c'est une preuve ! Dieu ne permettrait pas cette sublime joie à une mère dont l'enfant serait au cercueil. Si je l'éprouve, cette joie, c'est que mon fils est vivant. Oui, il vit, je le sais je le sens !

SCÈNE XXII.

MADAME DES AUBIERS, MATHILDE, NOEL. (Mathilde entre vivement et s'arrête.)

Mad. des Aub. (à part). Mathilde ! Celle-là va se trahir. Elle a changé de coiffure—c'est la coiffure qu'aime Adrien. Elle l'attend ! (Elle va à Mathilde! Haut.) Mathilde !

Math. (n'osant la regarder.) Cette espérance si douce vous agite—calmez-vous. Moi, je n'ose croire tout ce qu'ils disent—ces renseigments sont peutêtre.—

Mad. des Aub. Pourquoi détournes-tu les yeux ?

Math. Votre vue me serre le cœur—cette émotion si vive.—

Mad. des Aub. Je suis plus forte qu'on le pense, Mathilde, me voilà bien préparée à ce bonheur. Tu attends Adrien ?

Math. L'attendre ! Oh! non, pas encore.

Mad. des Aub. (avec inspiration). Mais—le bonheur se trahit dans tout ton être—oui, oui, l'éclat de tes yeux—ce rayonnement. Adrien t'a regardée ! Il est ici !

Math. Calmez-vous—non—non !

Mad. des Aub. Tu mens !

Math. Je vous jure.

Mad. des Aub. Tu mens ! Tu l'as revu !

Math. Qui peut vous faire croire ?

Mad. des Aub. Regarde donc comme tu es belle !

Math. Eh bien ! je l'ai revu. Mais vous ne pourrez le revoir que demain.

Mad. des Aub. Je ne t'écoute plus. (Octave et Blanche paraissent au fond et viennent à elle pour la calmer.) Je n'écoute plus rien. Adrien ! mon enfant !—je sais que tu es là. Viens, viens donc—Adrien !

Adr. (ébranlant la porte de sa chambre, mais ne paraissant pas encore.) Ma mère !

Mad. des Aub. Ah!—sa voix ! (Elle tombe dans le bras de ceux qui l'entourent.)

(A ce moment, Adrien ouvre la porte de sa chambre ; à la vue de sa mère il s'arrête.)

SCÈNE XXIII.

ADRIEN, OCTAVE, MADAME DES AUBIERS, BLANCHE, MATHILDE, NOEL.

Adr. Je n'ose.

Math. (allant à Adrien). Courage !—

Mad. des Aub. Mon Dieu ! (Adrien s'élance vers sa mère, qui le repousse du geste avec un effroi plein de tendresse. Adrien tombe à genoux, madame des Aubiers le contemple un instant, éperdue de joie, puis elle prend la tête de son fils dans ses mains, et elle l'embrasse avec passion.) C'est toi ! c'est toi ! (Tombant à genoux.) Oh ! laissez-le-moi, mon Dieu ! laissez-le-moi !

Bl. Maman !

Mad. des Aub. (pressant sa fille et son fils dans ses bras). Les voilà encore deux ! Je les tiens encore tous les deux ! (On la relève. Elle tend la main à Mathilde.) Ma fille !

Adr. (tendant la main à Octave). Mon ami ! mon frère !

Oct. (à Noël). Quelle joie ! Et moi qui avais peur de n'être pas heureux !

Adr. Mathilde ! Octave ! Quelle bonne vie nous allons mener à nous cinq ! (Regardant Noël.) A nous six, mon vieux Noël.

Noël (qui est venu à l'extrême gauche). Merci, mon enfant ! Vous n'avez pas besoin de me faire ma part dans votre bonheur, je sais bien la prendre. Mais cette joie est trop forte.—

Mad. des Aub. Moi, je la supporte.

Noël. Grâce à nous !—mais moi, à force de préparer les autres, je me suis épuisé. Ah ! (Il tombe sur le pouff.)

Bl. (courant à lui). Ah ! mon Dieu ! il se trouve mal !

Noël. Non, non.

Mad. des Aub. Rassurez-vous—vous le voyez bien, mes enfants, on ne meurt pas de joie !

FIN.

proof, if it is true! Heaven would not permit a mother to be so happy if her child were in its coffin. If I feel this great joy, it is because my son is alive—yes, he lives, I know it, I feel it.

SCENE XXII.

MADAME DES AUBIERS, MATHILDE, NOEL.

(Mathilde enters quickly and stops.)

Mad. des Aub. (Aside.) Mathilde! she will betray herself. She has changed the way of dressing her hair—this was the way Adrien loved to see it. She expects him! (Goes to Mathilde, aloud.) Mathilde!

Math. (Not daring to look at her.) This sweet hope that agitates you—calm yourself, I don't dare believe what they say, this information might be——

Mad. des Aub. Why do you turn your eyes away?

Math. The sight of you hurts me, this violent emotion——

Mad. des Aub. I am stronger than you think, for, Mathilde, see I am prepared for this happiness. You expect Adrien?

Math. Expect him? Oh, not yet!

Mad. des Aub. But happiness betrays itself in your whole being—yes, yes, the brilliancy of your eyes—Adrien has looked at you! Adrien is here!

Math. Calm yourself—no, no!

Mad. des Aub. You are not telling the truth.

Math. I swear to you.

Mad. des Aub. You are not telling the truth. You have seen him.

Math. What can make you think so?

Mad. des Aub. Look how beautiful you are.

Math. Well! I have seen him. But you cannot see him until to-morrow.

Mad. des Aub. I can't listen to you any longer. (Octave and Blanche appear at back and come quickly to her.) I can't hear anything more, Adrien, my child. I know that you are there. Come, come, Adrien!

Adr. (Trying the door of his room; not succeeding in opening it.) Mother!

Mad. des Aub. Ah, his voice! (Falls in the arms of those who surround her. Adrien succeeds in getting the door open, but stops short on seeing his mother.)

SCENE XXIII.

ADRIEN, OCTAVE, MADAME DES AUBIERS, BLANCHE, MATHILDE, NOEL.

Adr. I don't dare.

Math. (Going to Adrien.) Courage!

Mad. des Aub. Heavens!

Adr. (Rushes to his mother, who gently puts him aside. Adrien falls on his knees, Madame looks at him a moment in silence, then takes his head in her two hands and kisses him passionately.)

Mad. des Aub. It is you, it is you! (She falls on her knees.) O, my God! my God!

Bl. Mamma!

Mad. des Aub. (Pressing her son and daughter in her arms.) Here they are both once more! I hold them both again in my arms. (They help her to rise. She extends her hand to Mathilde.) My daughter! (Extending his hand to Octave.)

Adr. My friend, my brother!

Oct. (To Noel.) What joy! and I who was afraid that I might not be happy.

Adr. Mathilde, Octave! what a delightful life we are going to live, all five of us. (Looking at Noel.) All six of us, my old Noel.

Noel. (Down at the extreme L.) Thanks, my child! You did not need to give me a part in your happiness, I know how to take it. But this joy is tremendous.

Mad. des Aub. I can support it! I can bear it!

Noel. Thanks to us. But I, who had the strength to prepare the others to receive it, I am exhausted. (Falls on a stool.) Ah!

Bl. (Running to him.) Ah! heavens, he is going to faint!

Noel. No, no.

Mad. des Aub. You see well, my children, one does not die of joy.

END.